W0212457

COLLECTION FOLIO

Antoine Blondin

Les enfants du bon Dieu

La Table Ronde

© Éditions de la Table Ronde, 1952.

Antoine Blondin est né à Paris, au printemps 1922. Il a fait ses études au lycée Louis-le-Grand et obtint le deuxième accessit au concours général de philosophie. Il est licencié ès lettres. Sa mère est la poétesse Germaine Blondin.

Pendant la guerre, Antoine Blondin est envoyé au S.T.O. qui lui inspire *L'Europe buissonnière*. Chaque année, il devient compagnon du Tour de France et suit la grande course cycliste pour un journal sportif. Il émaille cette épopée de ses calembours inimitables. Mais sa vraie passion, c'est le football.

Il y a une légende Antoine Blondin : c'est le nonchalant que son éditeur doit enfermer pour lui faire terminer ses livres. Le noctambule qui découvre, chaque nuit, une métaphysique dans la machine à sous d'un bar-tabac de la rue du Bac. Nul ne sait mieux provoquer l'amitié que ce danseur de corde, toujours en équilibre instable entre le malheur d'exister et le bonheur d'écrire.

Les enfants du bon Dieu *raconte l'aventure de Sébastien Perrin, un gentil professeur d'Histoire qui ne veut pas être pris pour un canard sauvage. Il a fait un mariage bourgeois. L'école et le foyer l'ennuient. Il retrouve la princesse Albertina d'Arunsberg-Giessen, qui fut sa maîtresse en Allemagne, où il s'était trouvé, pendant la guerre, au S.T.O. Dès lors tout change, et même l'Histoire qu'il enseigne aux enfants...*

Il ne faut pas prendre les enfants du bon Dieu pour des canards sauvages.

A MA MÈRE
si présente.

A HENRI
si absent.

CHAPITRE PREMIER

Là, où nous habitons, les avenues sont profondes et calmes comme des allées de cimetière. Les chemins qui conduisent de l'École militaire aux Invalides semblent s'ouvrir sur des funérailles nationales. Un trottoir à l'ombre, l'autre au soleil, ils s'en vont entre leurs platanes pétrifiés, devant deux rangées de façades contenues, sans une boutique, sans un cri. Mais une anxiété frémissante peuple l'air : c'est l'appréhension du son des cloches. Le ciel vole bas sur mon quartier prématurément vieilli. Et je n'ai que trente ans et le sang jeune.

Ma maison s'élève au carrefour de deux silences. L'absence de sergent de ville ajoute à la distinction du lieu. Donc, cette ancienne bâtisse neuve achève là de noircir avec élégance et modestie. Quelques moulures en forme de corne d'abondance et une manière de clocheton pointu sont les seuls ornements consentis à sa frivolité. Pour le reste, on dirait d'un thermomètre, elle est haute et étroite, toute en fenêtres pour prendre le jour. Elle ne le renvoie pas. Je me demande ce qu'elle en fait. C'est d'ailleurs l'un des principes qui gouvernent la vie de la maison – ce peu de vie que nous avons en commun – de ne jamais rien renvoyer : ni le jour, ni l'ascenseur, ni les bonnes.

Souvent, je la regarde dans les yeux avec des yeux d'étranger, pour voir de loin. Il n'est pas donné à tout le monde d'en agir ainsi avec sa propre maison et il est plutôt triste que cela soit possible. Mais elle ne fait rien pour me reconnaître. Elle affecte un air d'être ailleurs : le comble de l'indifférence.

Cet après-midi-là, je revenais de l'école plus gravement que d'habitude. J'avais dû soutenir les premiers pas d'Anne d'Autriche à travers une classe déchaînée. La mort de Louis XIII, celle de Richelieu, surtout, me privaient de cette autorité par procuration qu'imposent les grandes figures de l'Histoire. Louis XIV n'avait que cinq ans; mes élèves en profitaient sans faiblesse. Comme chaque fois, la régence s'annonçait mal. Je n'aime pas ce mois de mars qui ramène simultanément Mazarin et les premières courses cyclistes, c'est un cap délicat à franchir. La Fronde couvait sur les derniers bancs. Le petit Minier, fortifié dans sa vocation de cancre officiel par l'absence d'un roi, prenait une influence démesurée sur ses camarades. J'avais bien besoin d'une grande victoire. Malgré l'heure avancée, je m'étais offert la bataille de Rocroy. A quel prix! Entre mon Condé, empanaché de plumes blanches, et le vieux comte de Fuentes, posé sur sa chaise d'infirme au cœur de la fameuse infanterie espagnole, le sort avait longtemps hésité à pencher. Bien plus, les hidalgos, tout hérissés de piques, m'avaient d'abord écrasé le maréchal de l'Hospital sur l'aile gauche et enlevé mon canon. Il m'avait fallu, sous la dictée de Michelet, faire avancer Sirot et faire tourner Gassoin pour qu'enfin le fantassin français s'avérât à jamais le meilleur du monde. Quatre-vingts drapeaux pris à l'ennemi avaient soudain tapissé les murs de notre classe. Comme je prononçais le mot *Te Deum,* la cloche de la récréation avait sonné à toute volée. Lorsqu'ils s'égaillèrent pour aller goûter, les enfants semblaient enjamber avec une déférence renouvelée les douze mille cadavres que j'avais si prestement amoncelés entre ma chaire et le tableau noir. Par mon avenue déserte, je revenais de loin.

Un prêtre, qui portait les derniers sacrements, hésitait devant la porte. Chez nous, où le bon Dieu livre à domicile, c'est un spectacle aussi courant et plus discret que celui des pompiers dans les quartiers où il y a le feu. Chez nous, il n'y a jamais d'incendie, jamais de suicide, jamais d'asphyxie. Mais on meurt fort quotidiennement avec faire-part et sur rendez-vous. On mène la belle mort.

Le prêtre se décida à pousser le lourd battant en fer forgé, doublé de vitres. Je pense qu'il en apprécia la pesanteur de bonne qualité avant de l'abandonner à son inertie moelleuse. L'appareil retomba sans bruit sur mes talons. Le prêtre dit :

– Excusez-moi.

Je tendis la joue gauche pour lui montrer que j'étais de mèche. Il n'y prêta pas attention et franchit en trois bonds la claire petite entrée pavée de mosaïques, païenne pour tout dire. Je ne le rejoignis qu'au pied de l'escalier.

– Êtes-vous de la maison? demanda-t-il.

– Oui, mon père, répondis-je, avec une onction où je me délectai si bien qu'il comprit par surcroît que j'avais été élevé dans « nos maisons ».

– En ce cas, sauriez-vous m'indiquer à quel étage on trouve les Mordoret?

– Hélas! mon père, je l'ignore totalement.

Il parut étonné que je ne connusse pas les gens qui mouraient sous le même toit que moi.

– Nous autres, repris-je, quand nous désirons savoir comment nous sommes faits, nous considérons la maison d'en face. J'espère qu'elle nous renvoie fidèlement notre image; autrement, qu'y pouvons-nous?... Au premier étage habite une aveugle, au second un général en retraite, au troisième un vicomte dans les assurances, au quatrième une veuve, au cinquième un bossu, au sixième une petite fille modèle, et ainsi de suite... Quant aux Mordoret, je ne vois pas qui c'est.

– Qu'entendez-vous par : Et ainsi de suite? dit-il. Je ne suis pas ici pour m'amuser.

– C'est précisément ce que je voulais exprimer : personne ne s'amuse dans ce quartier. On n'en sort pas des généraux, des veuves et des vicomtes. Je sais bien qu'il en faut, cepen...

Sur quoi, une musique fracassante dégringola l'escalier, vint s'écraser sur nos têtes. Un piétinement confus commença de sourdre au plus secret de la demeure.

– Eh bien! dit le prêtre, que faites-vous des nègres?

– Ce ne sont pas des nègres, répondis-je, c'est le bossu, notre bossu.

Nous retournâmes dans l'entrée et frappâmes à la loge. Sur la commode, le réveille-matin allait bon train. Veilleuses, les concierges sont la conscience des maisons. Rien ne bougeait derrière les rideaux. Il y avait une pancarte coincée contre la tringle : *La conscience revient de suite.*

Un second principe régit la vie de tous ces immeubles : le principe des concierges communicants. Bon an, mal an, nous n'échangeons pas trois paroles avec nos voisins, ils ont pour nous un regard de nulle part et, cependant, d'un bout à l'autre de l'avenue, nos concierges se rendent visite assidûment. Par le moyen de ce fragile réseau, à fleur de sol, ces maisons de plein vent entremêlent solidairement quelques petites racines, à quoi elles doivent, sans doute, de ne pas tomber de leur haut.

Il est vrai également que l'escalier de service favorise les échanges entre la loge et le personnel naviguant sous les combles. Mais ici, les machinistes ne sifflent pas derrière le décor, les portes frémissent à peine. Rien à faire, rien à dire dans des cuisines sans odeurs, sans chansons, sans bruits. Ces ménages sont peu remuants. Nos vieilles bonnes opposent la carapace d'une morne fidélité aux sollicitations nerveuses de la concierge. Et puis, celle-ci est mariée. On appelle cet homme le mari de la concierge. Il ne nous a pas été présenté. Au petit matin, il part pour le lycée porter de classe en classe le cahier des absents, porter l'absence : autant dire rien. On chuchote sous les préaux que, moyennant une gratification, il efface le nom des absents. Cette absence d'absence est un peu terrifiante. Il rentre vite chez lui où sa femme l'efface à son tour. La nuit, il s'endort d'un sommeil de prince consort dans le vaste lit monté comme une passerelle, où traîne le cordon. Soucieuse, aiguë, la concierge a gardé la pomme dans sa main. C'est la porte fermée à l'aventure.

A dormir ainsi, l'homme, la femme et le cordon, semblable à un serpent, ils ont fini par avoir un enfant. Il y a des précédents. Il n'y en avait pas chez nous. Nous avons aussitôt considéré la petite fille comme l'enfant de la maison; comme l'enfant qu'à nous tous : bossus, veuves, orphelins, généraux et vicomtes, nous aurions mis au monde; comme la souris blafarde accouchée par cette montagne de six étages qui l'écrase et lui fait les joues creuses; c'est dire avec quel œil glacé nous l'avons regardée.

Pour son quatrième anniversaire, elle a obtenu la croix. L'aveugle ne l'a pas vue, le général ne l'a pas décorée, le vicomte a ignoré cette distinction laïque et obligatoire, la veuve s'est retranchée derrière ses crêpes, le bossu ne s'est pas redressé, la petite fille modèle rêvait d'une autre petite fille à son modèle. Ainsi passons-nous à côté d'humbles réjouissances.

– On a fêté ça chez le pâtissier avant de retourner à la maison, nous deux Lily.

– A ce propos, j'ai vu un curé qui entrait chez vous tout à l'heure. Vous devriez aller voir.

– Un curé, mon Dieu! Croyez-vous qu'il va ressortir? Et ce pauvre ange qui n'est pas encore baptisé, si on lui demande quelque chose...

– Restez donc dans ma loge, il finira bien par s'en aller.

Au même moment, le prêtre gravissait les premières marches. Il ne portait pas de bottines, mais des souliers bas assez élégants. Peut-être des Richelieu. Je remarquai en outre que sa soutane tombait bien, pour autant que la pâle clarté filtrée par le vitrail me permît d'apercevoir sa silhouette noire délicatement voûtée.

– Entreprenons, dit-il simplement.

Je le suivis comme *mon* ombre.

L'aveugle n'a jamais vu le jour. Une amie charitable vient lui dire de temps à autre qu'elle n'y perd pas. Cette amie est très laide. L'aveugle serait jolie. Elle entend tout et soupèse le monde dans le creux de sa main. Mais elle aspire au moment où ses yeux se fermeront, ses yeux ouverts la nuit. Une institution délègue par roulement une assistante auprès d'elle. On la promène un peu partout. Et le monde lui file entre les doigts.

– Je vous retiendrai un instant, dit-elle en étendant les bras vers nous qui restions sur le pas de la porte.

Elle nous poussa vers un salon, une sorte de piste plutôt, où tous les meubles avaient été rangés le long des murs, de peur qu'elle ne s'y cognât. Le prêtre fit tapisserie avec une certaine gentillesse.

– Comment me trouvez-vous, franchement, interrogea l'aveugle en se plantant au milieu de la pièce.

La question, équivoque, pouvait aussi bien concerner sa santé. L'avidité avec laquelle elle captait nos voix d'hommes sur son visage lisse, poli par les ondes, ne nous trompa point.

– Mon enfant, ma chère enfant, dit le prêtre, je vous parlerais d'une autre lumière...

Moi je ne voyais que les bas de la jeune fille qui godaillaient autour de ses genoux.

– Enfin, intervins-je, Mordoret, ça vous dit quelque chose?

J'articulais très fort comme s'il se fût agi d'une sourde, d'une captive lointaine, d'une dormeuse à émouvoir.

Vive, elle se tourna vers moi :

– Ça me dit : quel coup de soleil! C'est comme un fruit que l'on mange à l'arbre, c'est la chair d'un... de... c'est la chair humaine.

– Pauvre petite! murmura le prêtre. Nous ne devons pas nous attarder sur toutes ces choses.

Alors, anxieuse, pressante, l'aveugle nous demanda :

– Suis-je belle?

Elle caressait doucement son visage en nous raccompagnant.

Le prêtre agrippa la rampe. J'admirai sa main fine et blanche, à l'index impérieux comme un sceptre.

– Montons au-dessus, dit-il, la tête penchée en arrière, les yeux mi-clos.

A chaque aube, le général meurt. La note filée d'un clairon blesse, d'une vague déchirante, le lac tumultueux de sa mémoire. Il se lève d'un bond et consulte le baromètre. Il aime la précision et les instruments qui y prétendent. Dans le fond de l'appartement, il s'est aménagé une petite chambre en atelier. C'est un bricoleur-né.

Entre les deux guerres, à ses moments perdus en quelque sorte, il a inventé un fusil pour tirer sans se retourner, ou quelque chose d'approchant. L'état-major n'a pas beaucoup apprécié : il y a d'autres façons d'ignorer le danger que de lui tourner le dos. Nous ne sommes pas au cercle, que diable!

Après avoir guetté en vain une étoile nouvelle, sous Vichy, le général était donneur de lait. Il présidait à la « Goutte du Nourrisson » dans le secteur Paris-Ouest. A la Libération, le bossu l'a fait arrêter pendant quelques heures. Désormais, c'est le général qui touche le lait. Il en boit une petite tasse le matin, une petite tasse à quatre heures, entre ses promenades. Car le général marche interminablement, arpente en raccourci cette brillante carrière qui conduit de l'École militaire aux Invalides et, des sonneries de l'aube aux sonneries du soir, traque des souvenirs en bataille et son ombre qui fait le mur lorsqu'il longe la caserne.

La porte s'entrouvrit sur une brave à quatre poils, la tête ceinte d'un petit béguin.

– Vous faites erreur. Il n'y a pas de Mordoret ici.

Nous n'avions guère d'autres mots de passe.

– Mais, dis-je, vous pourriez peut-être nous renseigner.

– En vingt ans de service chez le général et madame : Tafilalet, Constantine, Auch et Vincennes, je n'ai jamais entendu ce nom-là. Ma parole, monsieur l'aumônier!

– Le général?

– Le général est allé prendre de l'exercice, dit la bonne, en refermant la porte.

Le prêtre se pencha sur la cage de l'escalier.

– Encore quatre, dit-il.

Le soleil froissa des reflets mauves et roses sur sa chevelure d'argent mollement ondulée.

Le vicomte n'a pas d'histoire. Sa femme lui en fait une. A contempler notre avenue qui file vers le viaduc du métro, elle a peur qu'on croie qu'elle habite dans l'arrondissement voisin. Effectivement, il s'en faut d'un rien. Elle en mourrait. C'est un bel arrondissement chaud, tout grouillant de commères, de crocheteurs et de camelots ; un village déjà, parmi ceux qui font à Paris une ceinture de flanelle rouge. Pour mettre les choses au point, elle donne des réceptions où son mari manque d'assurance. Le soir, ils s'injurient en lavant la vaisselle : trois invités se sont trompés, ils sont arrivés par la station « Cambronne ». C'est du propre.

Notre coup de sonnette fut un coup de théâtre. Nous dûmes briser un rond de femmes élégantes. Leurs maris, plus lourds, se tenaient dans les embrasures, où ils paraissaient fumer en cachette. On avait allumé les lampes. Dressant sa mince taille devant la cheminée, le collet retroussé avec désinvolture, le prêtre pérora d'emblée avec enthousiasme.

– Les Mordoret ? Je les ignorais jusqu'à ce qu'une de ces dames de Saint-François-Xavier vînt m'avertir qu'il y avait danger de mort. Dans cette maison, est-ce bien possible ?... Suis-je en avance ?... Suis-je en retard ?... Il y a tellement de portillons à franchir !

Sur cette phrase obscure qui valait son pesant de paraboles, il chassa, d'une chiquenaude aisée, un grain de poussière sur sa manche, et sourit.

– Çà, l'abbé, interrompit la vicomtesse, puisque vous êtes là, faites donc la jeune fille de la maison, pendant que je débouche cette bouteille.

Le prêtre s'exécuta de bonne grâce et promena un plateau de biscuits parmi l'assistance.

– Mordoret ? Non, vraiment, je ne connais pas,

dit une dame, en pinçant les lèvres. Il faut avouer que nous sortons si peu.

– En tout cas, renchérit une autre, c'est passionnant. Ce sont les inconnus dans la maison.

On nous remercia pour l'intérêt que nous soulevions malgré nous. On me prenait pour un jeune diacre. Je n'avais de cesse de regarder le ciboire posé sur un buffet, dans sa boîte noire et renflée, comme celle d'un instrument promis à quelque musique de chambre.

– La prochaine fois, nous glissa la vicomtesse, sur le seuil, ce sera plus ésotérique. Nous aurons notre mage Aristos. Peut-être accepteriez-vous de soutenir la discussion?

– Les charmantes gens! dit le prêtre. Nous reviendrons. (Puis il se reprit. Son visage d'ivoire se colora imperceptiblement, ses narines palpitèrent de part et d'autre de l'arête précise du nez.) Nous devons approcher, murmura-t-il.

Un froissement d'étoffe, dix marches au-dessus de nous, une prompte dérobade : la veuve nous guettait.

Depuis des années, la veuve survit dans l'ombre. Elle a fermé à jamais ses volets par habitude ancienne et tiré de lourds rideaux sur les malheurs du jour. Chez nous, d'ailleurs, à partir d'une certaine heure, seule une petite lumière filtre encore aux fenêtres de l'aveugle. On ne s'en étonne même plus.

La veuve s'est installée une fois pour toutes sur le palier, dans l'attente de je ne sais quel retour, de je ne sais quel départ. Elle s'y balade, trois pas à gauche, trois pas à droite, et bâille des bulles devant la glace immense où elle apprivoise ses nouveaux chapeaux : les oiseaux de paradis, les tulles, les taffetas, l'organdi rose... A chaque jour suffit sa peine. La veuve mourra coiffée.

Ses chapeaux ont la couleur des saisons. Nous les appelons : Pluviôse, Vendémiaire ou Fructidor. Elle nous les laisse admirer furtivement, mais, sur notre passage, elle se rencogne, fixée contre le chambranle de sa porte, la tête inclinée, une jambe sous elle, dans l'attitude héronnière des prostituées. Son regard lourd vous pousse dans le dos.

Nous l'avions à demi surprise. Je craignais le pire.

– Ne m'abordez pas, cria-t-elle, en se claquemurant à grand fracas.

– Elle doit croire que nous venons pour une quête, dit le prêtre. Vraiment en avons-nous la mine?

– Nous ne trouverons certainement pas là ce que nous cherchons, affirmai-je.

La porte s'entrebâilla un instant.

– Je suis en cheveux, jeta la veuve.

– Il n'y a pas d'offense, ma fille, répliqua le prêtre, le nez contre le battant. Nous allons nous retirer sur-le-champ.

Puis, s'inclinant vers moi, il ajouta :

– Elle est un peu dérangée.

On la dit aussi très riche. Mais que ne dit-on pas? Le bossu estime qu'elle vit de la retraite des blanches. Il garde cela pour lui. A qui s'en ouvrirait-il? Nous ne le comprendrions pas. Le bossu est le plus émancipé d'entre nous. Il a beaucoup roulé sa bosse.

Il rentre, passé minuit, rotant son nom à la

concierge. Auparavant, nous entendons tourner le moteur de sa voiture. On rêve mieux ensuite dans la maison.

Le bossu a des femmes à sa table dans des cabarets veloutés, mais il rentre toujours seul, et seul encore, il danse l'après-midi, comme il a vu faire les autres, avec une chaise dans ses bras. Plus tard, il se lancera peut-être pour de bon.

Il n'entendit pas notre coup de sonnette. Il n'a pas l'habitude et les nouveaux airs font tellement de bruit. Nous l'écoutâmes labourer le plancher entre ses quatre murs.

– C'est une samba, dis-je.

– Je ne suis pas hostile à la danse quand elle est bien comprise, dit le prêtre. Mais nous perdrions notre temps à insister.

Il s'assit spontanément sur une marche et fit la moue.

– Je crois que nous avons frappé partout. Ce doit être une erreur de ces dames. Elles inscrivent tout pêle-mêle sur leur agenda et elles se surmènent tant. Il n'y a plus que vous au dernier étage?

– Nous ne perdrons rien à y faire un saut. Ma femme a parfois des antennes et c'est davantage sa maison que la mienne.

La petite fille modèle a un mari léger. Les heures lui pèsent. L'appartement n'en finit pas. Si elle osait, elle descendrait danser un moment avec le bossu qui continue de l'appeler mademoiselle, comme autrefois. Elle en profiterait pour toucher sa bosse. Il paraît que cela porte bonheur.

La petite fille modèle a le sentiment que l'existence la néglige. Parmi les porcelaines fragiles, les sombres tableaux, les tapisseries majestueuses, les ors fanés, les bois précieux, dans ce naufrage luxueux déchaîné par une génération plus stricte, elle rêve de fêtes plus foraines, aspire à des pièges subtils et cultive un souci d'argent qu'elle arrose un peu chaque soir.

Pour aider le ménage à tourner, elle peint des manèges, elle peigne la girafe. Les jouets s'entassent par négligence dans une chambre claire qui sent le vernis. Il n'y manque plus qu'un enfant. Sont-ce des choses à faire? Nous sommes si loin de nos sous.

Les cambrioleurs sont venus un beau jour. La petite fille modèle, perdue dans quelque vague lecture, effilait un sucre d'orge dans l'abri de sa main.

– Vous m'avez fait peur, a-t-elle dit, je croyais que c'était le gaz.

Elle ne possède rien au monde et n'a pas pu les guider dans leur choix. Ils n'ont pas su se décider : les Fragonard, c'était trop; la boîte à musique pas assez. Ils ont quand même descendu la boîte aux ordures en s'en allant. Puisque c'était sur leur chemin.

Nos ordures ne nous font pas honneur. Elles sont maigres et nous les dissimulons le plus possible. Mais l'aveugle est végétarienne, le général frugal, le vicomte parcimonieux, la veuve conservatrice, le bossu va au restaurant et nous, nous sommes pauvres. A qui la faute? Les cambrioleurs ont dû avoir une triste opinion de nous. La petite fille modèle espère pourtant qu'on les reverra au moment des étrennes, avec les quatorze spécimens de facteurs et les égoutiers.

Quand on est venu pour nous couper le gaz, elle ne s'en est pas aperçue.

Je pris la clé sous le tapis du palier, dans une

cachette malicieuse. Nos amis en sont avertis par un privilège dont ils usent abondamment. Il nous arrive ainsi d'en trouver un ou deux installés sur notre divan, quand nous rentrons le soir. La lumière allumée nous donne un chaud et froid au cœur. Nous craignons que les parents de ma femme n'aient débarqué à l'improviste pour une inspection domestique qui tourne rarement à notre avantage. Car enfin cet appartement est le leur, où notre camp volant de cinq années laisse de petites cendres.

– Est-ce que tu ramènes quelque chose à manger? demanda-t-elle... Oh! mais tu es avec quelqu'un.

Je dois avouer que je suis assez coutumier du fait. Ma femme souscrit tendrement à ces garnisons fraternelles. Je pense parfois que je lui fais une vie de cantinière, et alors ça va bien; parfois, elle le pense aussi, et alors ça va mal.

– Crois-tu qu'il porte une culotte sous sa jupe? me souffla-t-elle à l'oreille.

– Naturellement, répondis-je, en précipitant le prêtre vers une nichée de coussins.

– Et les Écossais? insista-t-elle.

Je coupai court.

– J'espère, mon père, que vous nous ferez l'honneur de partager notre dîner.

– J'ai ma lumière, répondit le prêtre, sans qu'on sût très bien de quoi il voulait parler.

Il s'agissait du feu de sa bicyclette qu'il avait laissée à Saint-François-Xavier. Je ne l'appris qu'en l'y raccompagnant. J'en fus déçu.

Nous n'avions pas oublié l'objet de notre enquête. Le repas fut charmant, désordonné et mystérieux. Le prêtre était un fin causeur. Il avait des ongles admirables. Il plaisait beaucoup à ma femme. J'étais aux anges. Je racontai les facéties du petit Minier, puis je reconstituai la bataille de Rocroy avec la salière et un faisceau de fourchettes.

Au moment de se séparer, la petite fille modèle eut une idée.

– Pour vos Mordoret, pourquoi ne téléphonez-vous pas aux renseignements?

Le téléphone, dont elle use au hasard quand je la laisse trop seule, joue un rôle important dans son existence et, comme par miracle, il fonctionnait; à moins que ce ne fût le prêtre qui l'eût rétabli de son doigt magique, pour nous payer de notre hospitalité. En vain d'ailleurs, car là aussi, nous essuyâmes une grande déconvenue.

– Je suis d'accord avec ma conscience, conclut le prêtre. Nous aurons fait vraiment tout ce que nous aurons pu. La parole, maintenant, ne nous appartient pas. Le bon Dieu reconnaîtra les siens.

C'était, cette fois, le mot de la fin, combien pertinent. Il faudra que nous songions à nous faire connaître.

Dieu n'occupe pas chez nous la place qu'il mérite, parce que, ma femme et moi, nous n'honorons pas le même. Nous pensons pourtant, dans le secret de nos cœurs, qu'il doit s'agir de deux visages d'une Puissance unique et que les prières que nous leur adressons en nous tournant le dos se rejoignent quelque part du côté du plafond. Par exemple, autour de la boule de gui que nous avons accrochée au premier réveillon de mon entrée ici, pour appeler la joie sur notre foyer. Nous ne l'avons jamais remplacée et elle est devenue fragile et susceptible. Le moindre souffle l'effrite. C'est le dernier objet de notre univers que nous apercevons avant d'éteindre la lampe. Il a la couleur de la poussière.

– On a bougé, soupira la petite fille modèle en bâillant contre son oreiller. J'en suis sûre.

Nous, dans notre lit, nous ne bougeons pas. Si nos amis nous voyaient, ils en prendraient du chagrin. Je rêve parfois que nous sommes les Énervés de Jumièges, si dociles au courant, si languides. Il y a bien longtemps, pendant une absence de mon beau-père Clovis II, nous nous sommes révoltés contre son autorité, nous avons revendiqué le pouvoir sur nous-mêmes. A son retour, il a prétendu que nous voulions le dépouiller, il nous a fait *cuire les jarrets.* Nous demeurons sans forces, sans désirs, ombres inutiles. Sur les conseils de la reine Bathilde, on nous a confiés à cette nacelle, devant le peuple assemblé. Et depuis cinq ans le soir nous emporte vers quel rivage! comme des gisants froids et parallèles.

J'ouvris les yeux, je me posai sur un coude, j'écoutai. Rien.

– Ça vient sur ma figure, cria la petite fille modèle. Lève-toi!

Je vis qu'un rameau de gui, plus léger qu'une plume, s'était posé contre son visage, dans ses cheveux blonds. Je voulus m'en saisir, il se pulvérisa dans mes doigts. Je ris. Ensemble nous levâmes la tête pour déchiffrer, au-dessus de nous, cette surface muette où notre porte-bonheur oscillait doucement. Une baie flétrie tomba sur notre couche, puis une feuille grise, capricieuse comme un flocon.

– C'est la vieille d'en haut qui s'agite, dit-elle. Ce n'est rien.

La coursive où meurent les bonnes sent le cotillon fané, la malle vaine, les accessoires. On y accède par une rallonge d'escalier où s'égoutte un poste d'eau.

Élina Mordoret est seule dans la vie, seule dans la mort, seule à l'étage. Pendant l'occupation, on a ramené les bonnes dans les appartements pour mettre des pommes de terre dans leurs chambres et pour se sentir davantage entouré : une grande transhumance domestique. Mais la veuve ne supporte aucune promiscuité. Elle n'a pas fait redescendre Élina. Elle avait trop peur qu'on ne lui volât ses chapeaux de la défaite.

Aujourd'hui Élina étouffe. Elle ne peut plus atteindre le broc sur la table bancale. Elle n'aperçoit plus l'image de première communion de son petit neveu, le crucifix au-dessus du miroir, le buis bénit. La lucarne s'ouvre à ciel perdu sur un pâté de cheminées. Qui l'aidera à gagner son ciel?

On la connaît bien pourtant, la vieille Élina. Elle est comme attachée à la maison. Les locataires se la transmettent avec les meubles. On lui prête d'obscures connivences avec les démons familiers de l'escalier de service; aucune marche ne branle qu'elle ne l'ait écrasée de son poids quand elle était encore la grosse Élina; aucun clou ne dépasse de la rampe qu'elle ne l'ait déchaussé dans la nuit des temps; si une cartographie lamentable macule les murs, c'est qu'elle organise un cataclysme permanent en négligeant de fermer, lorsqu'il pleut, les tabatières du labyrinthe sur lequel elle règne. Autrefois, on prétendait qu'elle mourrait à la tâche, et voilà qu'elle meurt dans son lit. Son lit? Non pas : elle meurt dans le lit des autres, un matelas étroit sur un sommier pliant.

Vers dix heures, elle trouva qu'on tardait à venir, elle eut peur de s'en aller sans les secours. Elle se débattit. Elle se laissa glisser à terre pour étreindre, entre ses bras ténus, sa maison qui se dérobait. Elle griffa le carrelage. Le temps passait. Ce fut la minute précise où l'abbé Vincenot, sous sa douillette, renonça à découvrir ces Mordoret énigmatiques pour lesquels on l'avait convoqué. Demain, il ferait jour, il compulserait ses annuaires.

Mais le nom de famille des vieilles bonnes n'est inscrit sur aucun livre. Pour l'éternité, les servantes n'ont qu'un prénom. Comme les saintes. Mélanie, Ursule, Rosalie, Apolline, Gertrude, Clémence, Opportune, Victoire...

Quelques mètres plus bas, séparés d'Élina par ce mur lointain qu'est le plafond, nous ne percevions l'agonie de la moribonde qu'à travers celle de notre touffe de gui. La petite fille modèle, indifférente aux signes, se rendormait dans le calme. Moi, j'écoutais tomber chaque feuille en sourdine, cette chute lente d'un élytre. Et mes yeux étaient ouverts.

CHAPITRE II

Dans l'obscurité, les trésors de mon beau-père recouvrent leur empire sur notre logis. J'ai passé l'âge où l'on imagine que la Joconde – *Keep smiling!* – abandonne son sourire dans le dos du dernier gardien, que Lazare au tombeau se relève la nuit pour aller souper. Malgré tout, les sortilèges de l'ombre et du silence sont si puissants que les chefs-d'œuvre amassés par cette grande famille européenne, leur pesanteur historique, leur délabrement même, me mettent soudain en cause jusque dans notre amour, jusque dans mon sommeil : je suis le seul à n'avoir rien à perdre dans cette aventure périlleuse d'un amour en commun, d'un sommeil en commun, toujours recommencés. Velasquez et Chardin, Frans Hals et Boucher me le font rudement sentir. Mes mains sont vides. Je sais maintenant que jamais je n'obtiendrai de la vie qu'elle me permette d'accrocher à mon tour un petit tableau à la suite des autres, derrière ceux du legs de l'oncle Bobislas, si l'on veut. D'ailleurs, il n'y a plus de place sur les murs. Comme dans une concession à perpétuité de haut lignage, ardemment convoitée, j'arrive déjà en surnombre.

Ma femme, qui s'appelle Sophie, est née Rostopchine, ou peu s'en faut. Ses parents, d'origine slave, comptent de nombreux collectionneurs, des diplomates et un astronome : mon beau-père. Celui-ci est accueilli à télescopes ouverts dans tous les observatoires du monde. Suivi de son épouse qui porte les lentilles et les astique de temps à autre d'une peau de chamois fervente, il saute du mont Athos au pic du Midi, enjambe le Grand Cañon du Colorado et, jubilant de prendre en faute le soleil, ou la lune, ou les étoiles, arpente les continents sans regarder où il met les pieds, dans la mesure où les guerres le permettent. Ce qu'il observe à l'œil nu, lorsqu'il passe chez lui, l'enchante beaucoup moins.

J'ai connu Sophie quand elle avait quinze ans, sur la place de la Mairie, à Sevrette, dans les Hautes-Pyrénées. Elle s'essayait à fumer la pipe avec ses compagnes devant les affiches de la mobilisation générale qu'elle transposait en termes de livret scolaire. L'appel des fascicules se confondait dans son esprit avec la rentrée des classes. Elle supputait les chances que lui laissaient l'intransigeance de Chamberlain, l'inertie de Daladier, d'échapper à l'examen de passage auquel elle avait gracieusement échoué avant les vacances. Elle devait rejoindre le lycée Victor-Duruy dans les premiers jours d'octobre, et moi Louis-le-Grand. Nous désertâmes avec la complicité supérieure des événements.

Sous couleur de nous aimer, nous fîmes de longues promenades. Elle m'apprenait, comme il se doit, à reconnaître les champignons, les fleurs, les étoiles. Je lui enseignais la géométrie plane, le culte de la patrie, le respect de la famille. Car, je ne prétendais pas à l'épouser. Trop de choses nous séparaient : l'aristocratie de sa condition, sa religion qui la rattachait à une secte de l'Église byzantine fort jalouse de son recrutement, la fortune de ses parents convertie en tableaux de maîtres et en instruments d'optique.

La défaite nous surprit la main dans la main. Une voix s'élevait pour dire : « Français, restez là où vous êtes, n'encombrez pas les routes... » C'est ce que nous fîmes. Nous avions bien compris qu'elle signifiait : restez où vous en êtes. Nous ne nous cherchâmes pas d'autres chemins. Comme à ces jeux de société où les couples de danseurs doivent se figer sur place et conserver la pose, nous ne pouvions plus rompre notre alliance sous peine de haute trahison. L'inconstance d'un seul amoureux risquait de compromettre l'équilibre d'un pays qui avait autant besoin de fidélité que d'immobilité. Pour contribuer au salut précaire d'une civilisation, nous devînmes des réfugiés du cœur. On nous fiança entre deux alertes. J'aimais cette main dans la mienne.

Quelques mois plus tard, je reçus deux sommations, l'une du Service du travail m'enjoignant d'avoir à partir pour l'Allemagne, l'autre de mon beau-père m'enjoignant d'avoir à épouser Sophie. Entre deux sursis, je ne choisis pas le moindre : je partis pour l'Allemagne. Jusqu'alors, le désir de préserver à tout prix toute chose d'avant-guerre, de conserver le passé, de réserver l'avenir, nous avait tenus confits en enfance. Nos anniversaires s'accumulaient ailleurs, sous l'effet d'on ne sait quel moratoire, avec les quittances de loyer impayées par les prisonniers. D'autres serraient dans leurs armoires des pains de sucre, des paquets de cigarettes tachetés de rouille, des bougies à six sous; nous, nous stockions des rites câlins, de menus fétiches, des mots sans suite. L'occupation dérobait à Sophie sa crise de croissance, elle me volait ma vie de garçon. L'existence était remise à plus tard. Dès la gare de l'Est, j'avais tout à apprendre.

J'allais entrer en troisième année d'études, lorsque l'armistice me ramena en France dans un camion américain. J'embrassai en dix langues mes compagnons d'exil et la nièce du seigneur qui m'avait accueilli parmi ses valets de ferme, à la faveur de la débâcle. Nous échangeâmes des prénoms, des adresses, des gages, et Albertina d'Arunsberg me fit jurer de revenir la chercher quand je serais un peu moins vainqueur. La première plaque tournante que nous rencontrâmes nous dispersa. Sans doute aurais-je pu pousser plus avant l'expérience. Une chance ultime me fut consentie de connaître d'autres femmes, de nouveaux amis, la guerre que je n'avais pas faite. C'était à Ulm, pendant le retour. Fourbus d'espérance, nous étions alignés devant la citadelle sous laquelle pourrissaient deux cents cadets allemands. Nous chantions : *Ça sent si bon la France,* sans penser à mal. On parlait de typhus par-dessus nos têtes. Prisonniers et travailleurs mêlés, nous hésitions à franchir le seuil de cette enceinte. Le drapeau tricolore, dont nous saluions de nouveau les prestiges au-dessus de la poterne, conjurait-il les épidémies? Ça n'était pas l'avis de notre chef de groupe, une baderne pittoresque avachie par quatre années d'oflag, dont les ressorts se détendaient brusquement. Il prophétisait qu'on allait nous mettre en quarantaine, peut-être nous tondre, et appelait de sombres tourments sur nos libérateurs. La putain du convoi qui serrait depuis Linz un enfant mort entre ses bras, appréciait en connaisseuse. Du haut de la muraille, les autorités militaires, nos compatriotes donc, nous intimaient de plus belle l'ordre de pénétrer. Nous tenions fermement. Ceux qui avaient rêvé d'une soudure grandiose, qui avaient répété au plus profond des ténèbres les gestes d'une jonction fameuse – *Doctor Livingstone, I suppose?... I'm Stanley* – en étaient pour leurs frais. Alors, le vieux colonel, qui portait encore ses galons sur ses manches, comme à bout de bras, s'avança jusqu'au pied des remparts et demanda à parler au chef de la place. Un jeune colonel, qui portait ses galons sur ses épaules, apparut au créneau. Le couchant fit scintiller, de part et d'autre de son visage rose, cinq barrettes de métal blanc. Une bonne santé manifeste, un grand coutelas qui lui battait les flancs, des diamants à peine trop frivoles pour un colonel et une certaine manière de dire : « Nous avons travaillé avec Patton », lui donnaient l'air d'avoir été promu dans un abattoir. A Chicago plutôt qu'à la Villette. Il était entouré d'une poignée de mécanos armés jusqu'aux genoux.

– Eh bien, petit père, dit-il, ça carbure de travers?

Notre baderne, sublime dans son uniforme rafistolé, s'assura d'un regard que nous le soutenions, puis il commença d'injurier cet héroïque gigolo avec une grande patience. En quelques minutes, il entreprit de l'initier à une tradition séculaire de l'invective de quartier; il l'engueula comme un enfant de troupe, comme un caporal, comme un adjudant, comme un sous-lieutenant, comme un capitaine; il lui fit descendre et remonter toute la hiérarchie du gueuloir; il lui fit faire ses classes; il le dégrada, là, devant nous. Et nous eûmes le sentiment que l'autre devrait suer le sang pour regagner jamais chacun de ses galons. Quand ce fut terminé, le vieux colonel se tourna vers nous.

La citadelle lui appartenait, le drapeau ne flottait plus que pour lui.

– Et maintenant, décréta-t-il, sur Paris à marche forcée... Qui m'aime me suive!

La putain sortit du rang, quelques camarades l'imitèrent. Nous les vîmes disparaître au tournant – sentinelles, ne tirez pas! Ils s'aimèrent et firent des voyages. Ils réquisitionnèrent des voitures de toutes les couleurs. Ils allèrent au Japon, à Baden-Baden, en Corée. Ils sont aujourd'hui en Indochine et le colonel porte ses galons sur ses épaules comme tout le monde; c'est sa rude goton qui les lui a cousus.

Pour moi, profondément ébranlé par cette querelle d'officiers supérieurs sur les frontières de mon retour, comprenant que le monde s'était fendu en deux pendant mon absence, je me laissai empaqueter vers l'avenir, chatouiller sous les bras, saupoudrer de D.D.T., et c'est couvert de talc, comme un nouveau-né pour l'entrée dans la vie, que je rejoignis Sophie qui m'avait attendu. Ma prime de rapatriement, dont je m'étais promis monts et merveilles, me permit au plus juste d'acquitter le prix de deux places dans un cirque de banlieue. Ainsi entrevis-je que l'existence ne serait pas drôle tous les jours. Le cirque non plus ne valait pas celui d'autrefois.

On nous maria dans une apothéose de chants et de dorures. Je m'avançai dans ma jaquette de louage sous la couronne byzantine qui pendait de la voûte à quelques centimètres de ma tête, la couronne de Damoclès. Ah! j'étais bien le roi. Selon la coutume, Sophie vint prendre place sous une couronne voisine. Elle était jolie comme une reine et baignait dans son élément. Le patriarche de Picpus, qui officiait, s'étendit avec délectation sur la famille de Novilis, ses racines, ses alliances, sa geste. Puis, après avoir cherché en vain, dans l'histoire des Perrin, quelque haut fait susceptible d'ajouter à une telle cérémonie, il m'imputa, en désespoir de cause, d'allègres performances dans la Résistance, et si clandestines qu'il était naturel qu'on les ignorât. Je l'en remerciai du coin de l'œil. Nos parents se tenaient derrière nous, les miens envoûtés par l'émotion et profondément charmés par ces pompes insolites, les siens attentifs et comptables du moindre détail, recensant à la dérobée l'assistance fastueuse venue nous encourager. C'était l'époque où les douairières s'initiaient au chewing-gum. Nous les entendions mastiquer dans notre dos. De nombreux généraux émaillaient les premiers rangs, mais les honneurs allaient à un major de Milwaukee, prodigue de bœuf en boîtes. Sous son court blouson il avait la fesse américaine, une fesse standard qui forçait la considération et ouvrait l'appétit. Je m'en aperçus quand nous fîmes volte-face pour affronter la société et que tout le monde se rua vers le buffet sans plus penser à nous. Je me retrouvai avec trois mille francs dans ma poche et beaucoup de rouge à lèvres sur les joues. J'étais un homme.

Pendant ma lune de miel, je me glissai dans un bureau de poste pour expédier un message à Albertina, que je signai du nom d'un camarade. Je lui apprenais que j'étais mort à Ulm. Il était ainsi libellé : *Sébastien décédé typhus — Jacques.* C'en était bien fini des chemins creux et des buissons ardents.

Dormir avec quelqu'un, ça n'était pas difficile. Je n'avais jamais fait que ça de toute ma vie. J'avais connu les berceaux d'enfant qu'on arrime au flanc des grands lits puis, très tôt, les dortoirs des pensions, les chambrées des camps. C'était ma règle. J'y avais contracté l'amitié et le respect du prochain. J'aimais sentir mon monde autour de moi, même s'il obéissait à une gravitation étrangère. Je savais comment on finit par déjouer la vigilance d'un pion, celle d'un contremaître, ou plus précisément ici celle d'un buste de Houdon. La complicité de Sophie m'était précieuse. Je m'acclimatais à l'ordre.

Sacha de Novilis eût souhaité que je le suivisse dans ses travaux d'astronomie. Ma myopie et un sursaut de liberté me l'interdirent. A Meudon, où nous étions allés en garçons, je ressuscitai des astres morts, en découvris d'autres qui n'existaient pas, encombrai le ciel par une nuit délirante. D'où je les voyais, les étoiles ne paraissaient pas leur âge. Je leur donnais deux mille ans de moins; ce qui flattait leur protecteur mais lui laissa estimer que je venais trop jeune dans ce monde si vieux. S'avisant toutefois de ce que le journalisme auquel je me destinais n'offrait pas les garanties de stabilité et de discipline dont j'avais tant besoin, soucieux par ailleurs d'organiser ma carrière en la liant à quelques-uns de ces principes de perpétuité qu'il chérissait, comme le firmament ou les musées nationaux, mon beau-père, conservateur de planètes et d'œuvres d'art, décida que j'enseignerais l'Histoire, cette Histoire qui n'est un éternel recommencement que pour le professeur, et me mit à l'école.

Le cours François-Mocqueur, à l'angle de la rue du Sergent-Mocqueur et de l'impasse Joyeuse, appartient à la Ville de Paris. Il lui appartient par ses bâtiments gris où s'abritaient autrefois les bureaux de l'octroi, et plus lointainement un relais de chevaux. Il lui échappe par une aile en briques rouges, ajoutée avec les deniers de la fondation Dupont-Strauss, et qui donne sur l'avenue de Suffren. Cette disparité le confirme dans sa situation frontalière entre un ordre public et un ordre privé, une province canaille et un royaume cossu. Les élèves arrivent par le côté tumulte, les professeurs par le côté silence. Chaque rentrée des classes ressemble d'abord à un rendez-vous. On croit qu'on a des choses à se dire. On se voudrait des mots nouveaux pour ces visages neufs. C'est presque une ambition d'amour. Mais l'Histoire substitue sa liturgie supérieure à l'ivresse de toute découverte. D'heure en heure, d'année en année, les fêtes se font plus convenues, et nos saisons intimes elles-mêmes, et même les visages...

Ailleurs, les écoliers tiennent leurs cartables sous leurs bras, petits hommes d'affaires déjà; les miens les portent sur leur dos, par deux courroies, comme des soldats d'avant-guerre, pour avoir les mains libres. Leurs ancêtres s'appellent, naturellement, les Gaulois; sauf Ahmed, ou Labidi, ou Abdallah, car il y a toujours un Arabe dans ma classe, en raison de la proximité de Grenelle. Quand je leur apprends que Bourges c'était Avaricum, certains sont encore bronzés, d'autres retrouvent avec attendrissement un peu de sable dans leurs sandales. Ils confrontent des brûlures, des cartes postales, des trésors de plage. Je les gêne. Ils me méprisent un peu parce que j'ai l'air trop frêle pour quelqu'un de l'autre côté. Ils flairent en moi une grande personne de fraîche date, un traître en somme. Nous ne nous connaissons pas. De grandes bouffées de froid traversent le quartier. Les arbres tremblent. C'est le moment où Sophie dit : « Il faudra passer chez le bougnat pour faire rentrer du charbon. » La boutique est à l'enseigne des *Enfants des Arvernes.* Vercingétorix, lui aussi, est un Auvergnat. Quand il fourbit ses plus belles armes, monte sur son plus beau cheval et s'en va jeter son bouclier aux pieds de Jules César...

– Minier, apportez-moi ça!

Minier, ou Gonin, ou Truffaud : il se lève toujours l'âme d'une résistance parmi ces jeunes rangs.

... Le dernier coquillage a rejoint, dans mon bureau, les dernières lunettes noires, le dernier canif, le dernier bouchon. Je leur ai confisqué le bruit de la mer. L'année scolaire est commencée.

Suit l'époque de la paix romaine, qui est également celle de la paix chez soi. On s'étonne de trouver l'automne si radieux. On profite d'un dernier rayon de soleil pour bâtir les arènes de Nîmes, l'Arc de Triomphe d'Orange, le pont du Gard. Sophie estime qu'on devrait repeindre la cuisine par la même occasion. Le terme d'octobre met un frein à tous ces grands travaux.

Pour la Toussaint, on baptise Clovis. Cet événement fait rentrer les Francs dans la communauté romaine et leur assigne une place prépondérante dans le monde ancien transformé par l'Église. Je pique en hâte un bouquet d'asters et de chrysanthèmes dans le vase de Soissons et nous montons, avec Sophie, au Père-Lachaise, où les Novilis et les Perrin reposent à quelque distance. Entre deux tombes, nous évoquons les cheminements mystérieux qui ont favorisé notre rencontre. Le cimetière nous apparaît comme une jungle inextricable d'arbres généalogiques. Mon mariage aussi m'a fait rentrer dans une communauté tentaculaire. Il me semble qu'il a été célébré par saint Remi et que c'est le patriarche de Picpus qui a ondoyé Clovis. La généalogie des Mérovingiens n'est pas simple non plus.

Comme nous sortons nos manteaux d'hiver, Charles Martel repousse les Maures à Poitiers. Je vois flotter sur le visage de Labidi, ou d'Abdallah, ou d'Ahmed une mélancolie fugitive. Il se console en racontant à voix préméditée que son père, qui est sous-officier de tirailleurs, a défilé pour le 11 Novembre. Mais les enfants ne s'y trompent pas : les Kabyles qui sommeillent dans de vieilles couvertures, sous les arches du métro, sont les derniers vaincus de la bataille de Poitiers. Ils sont engourdis par la bise. C'est sans doute pour cela qu'ils ont été battus.

Les premiers flocons tombent dans la barbe de Charlemagne. Il est là, au milieu de la classe, avec sa couronne sertie de fruits confits, comme un inspecteur extrêmement honoraire. Les mauvais élèves baissent la tête; les bons lui savent gré de l'intérêt qu'il leur porte; il pince l'oreille des meilleurs, avec quelle délectation. Avant de nous quitter, il distribue des encouragements définitifs. On l'entend déclarer :

– Si vous continuez à bien travailler, je vous nommerai évêques.

Le petit Bloch, qui est le premier dans toutes les matières, trouve que ça n'est pas payé.

Il neige. On pense que ça ne tiendra pas. Charlemagne non plus, ça n'a pas tenu. Le traité de Verdun a fait fondre l'Empire. L'Europe se crevasse. La France, l'Allemagne et l'Italie se séparent et se partagent. Je les vois filer dans les rigoles, chacune de son côté. La terre est couverte de boue et de ruisseaux. J'en ai les pieds humides. Le soir, nous buvons des grogs avec nos amis en échafaudant les projets d'un avenir qui se limite généralement au prochain réveillon.

A l'approche des fêtes, les Croisades me chantent un air de croisière. Le jour de l'An à Jérusalem? Je ne sais pas si cela se fait. Sophie préférerait les sports d'hiver. Ce ne sont que des propos en l'air, chaque année les mêmes, des propos d'entretien pour nous affermir dans le sentiment que nous ne sommes pas encore rouillés, qu'une porte s'ouvrira peut-être. Nous savons, au demeurant, que ces journées appartiennent aux familles. C'est l'époque où les Novilis et les Perrin se récapitulent dans leurs salons respectifs, dénombrent leurs rejetons, les toisent contre le chambranle des salles de bains. Là aussi, nous faisons figure de parents pauvres. Nous voilà toisés à notre tour. Mon beau-père, le plus souvent bloqué par les glaces sur quelque calotte polaire, nous envoie du pemmican et des biscuits d'explorateur, persuadé que nous nous laissons périr d'inanition. Nous les distribuons aux jeunes filles de bonne volonté qui assiègent l'appartement sans désemparer. Car notre quartier est un quartier d'œuvres et l'on y mène, un mois par an, la triple croisade du Soulier des Vieux, du Sabot des Pauvres, du Sapin doré. Pendant ce temps, Godefroy de Bouillon contracte le goût du luxe en se vautrant parmi des étoffes damassées (de Damas) et des voiles de mousseline (de Mossoul), les chevaliers rapportent de Terre sainte le système décimal et la dysenterie, Philippe Auguste épouse Blanche de Castille pour permettre à saint Louis de rendre la justice sous un arbre de Noël.

Au moment où l'on tire les rois, j'en fais moi-même une consommation effrayante : Philippe le Bel, Philippe de Valois, Jean le Bon; sans compter les Henri, qui sont Anglais, Dieu sait pourquoi, au début du second trimestre; et les Charles, en revanche, qui se trouvent alors Français, et s'affirment à tour de rôle, ou le sage, ou le fou, ou le bien-servi, comme s'ils se concertaient pour donner, au milieu de nos désastres, un festival de nos vertus traditionnelles. Quand on sonne à la porte, je dresse l'oreille. Allons-nous entendre la supplique sinistre de Philippe VI : « Ouvrez, ouvrez au malheureux roi de France? » Ce n'est que le terme de janvier. La défaite de Crécy n'attendrit pas le gérant. Le pays est découpé comme une galette et c'est notre Charles VII qui a la plus petite part. Mais il a la meilleure, celle qui contient la fève : Jeanne d'Arc. Le propriétaire parle de nous bouter hors. C'est chaque fois la même chose.

Les élèves ne s'amènent plus qu'emmitouflés

douillettement. Ils n'ont pas tort : un jour, on brûle Jeanne sur la place du Marché à Rouen; le lendemain, on découvre le cadavre de Charles le Téméraire dans la neige près de Nancy. Un chaud et froid décime la classe. La plupart des bancs se vident. Les mamans passent me voir en revenant du marché, de préférence au professeur de lettres qui est cruel, au professeur de sciences qui est chauve. Dans leur cabas la pharmacie voisine avec l'épicerie, dans leur cœur la panique avec la ferveur. Une montagne de mensonges et de malentendus, élevée par les enfants, nous sépare. Nous ébauchons une amorce de tunnel, puis nous renonçons d'un commun accord. Moi-même je tombe un peu malade. Je m'autorise deux ou trois leçons d'absence, tandis que Christophe Colomb, Magellan et Vasco de Gama cinglent vers les épices. Les caravelles livrent à point le sucre et la cannelle chez les marchands génois. Sophie nous prépare du vin chaud. Je lui transmets la grippe d'Abdallah, ou de Minier, ou de Bloch. C'est à peu près le seul échange entre mon métier et mon foyer, une manière de ne pas tenir ma femme trop éloignée de mes activités.

Un beau matin, en faisant l'appel, je constate que tout le monde est revenu, et c'est la Renaissance; mon beau-père, entre Greenwich et le Totes Gebirge, traverse son appartement à la recherche d'un diaphragme rare, ma belle-mère soulève quelques housses, et c'est l'entrevue du camp du Drap d'or; nous prenons de nouvelles résolutions pour le printemps qui s'annonce, et c'est la Réforme; le front collé contre la vitre encore embuée de givre, nous nous hasardons à entrouvrir une fenêtre, et la Saint-Barthélemy y précipite Coligny. Dès lors, je peux poursuivre ma route avec la ponctualité d'un train express. Je sais que je passerai toujours aux mêmes heures aux mêmes stations, que je respecterai l'horaire. L'Histoire m'est un rail de vie exemplaire et je ne connais que trop parfaitement mon parcours. Les premiers bourgeons dorés du forsythia des Tuileries se rallient au panache blanc d'Henri IV et Richelieu construit une digue à La Rochelle pour contenir les giboulées. Chacun de mes gestes assure une correspondance avec un événement mémorable, chaque grande date trouve un contrepoids dans le calendrier de mes jours. Rocroy, Nordlingen, Lens, débouchent sur le traité de Westphalie et je me rappelle alors que l'anniversaire de notre mariage doit tomber d'un instant à l'autre. La guerre de Trente ans s'achève autour d'un gâteau rehaussé de bougies. C'est l'Allemagne, cette fois, qu'on partage, où les incendies provoqués par Wallenstein allument chaque année une bougie supplémentaire au milieu de notre table. L'angoisse de vieillir qui habite Sophie tout entière redouble ce jour-là. Je lui offre l'Alsace et les Trois-Évêchés pour la consoler. Tout s'arrange. Colbert rétablit les finances publiques pour le terme d'avril et nous préméditons un séjour à Sevrette pour les vacances de Pâques. Trop tard : « Il n'y a plus de Pyrénées. » Ce n'est que partie remise. Denis Papin vient d'inventer la machine à vapeur et un ami qui possède une voiture propose de nous emmener. Nous n'avons que l'embarras du choix. Les hirondelles revenues, qui s'assemblent en même temps que les états généraux, incitent Sophie à la promenade. Mais les gens prétendent qu'il y a beaucoup de monde sur les routes et nous apprenons que Louis XVI s'est fait arrêter à Varennes. Quand les bains sur la Seine reviennent s'installer contre le quai d'Orsay, je sais qu'on va bientôt assassiner Marat. La demoiselle qui loue des slips a le visage de Charlotte Corday et je me méfie de ses ciseaux à ongles.

Je me ruine en muguet pour le 18 Brumaire. J'exalte le zèle des pontonniers du général Eblé : afin de permettre à Napoléon de franchir la Berezina, ils font le pont pour la Pentecôte. Puis ce sont les Cent-Jours et les passants, dehors, qui trouvent que les jours rallongent. Je me sens toujours un frémissement dans les artères à la pensée de tout ce que je vais pouvoir mettre en plus dans ces jours-là. En fin de compte, j'abdique moi aussi. Je ne suis plus un paysan, je n'ai pas de moissons à faire.

La Restauration assomme les élèves, mais la monarchie de Juillet leur promet prématurément des distributions de prix, des départs qui chantent. Ils savent que c'est un mois à eux et qu'ils sont au fond les vrais monarques de juillet. C'est pourquoi ils ne comprennent pas comment on en revient brusquement aux journées de Juin, au 2 Décembre. Ceux qui prêtent une attention distraite par les mouches nouvelles croient à une brimade, ou qu'on cherche insidieusement à leur faire redoubler la classe. Je leur jette en pâture, comme l'enjoignent les programmes, la naissance du capitalisme, la grande industrie, le droit de grève. Il y a toujours une référence facile à l'actualité. Ils savent que la monnaie de ces mots-là a cours chez leurs parents. Les visages s'éclairent. Je fignole mon succès par un lâcher de pigeons, en larguant Gambetta dans son ballon; ça tombe bien : c'est l'Ascension.

Pour meubler cette dernière étape qui conduit

jusqu'aux guichets des colonies de vacances, je sors de mes manches la T.S.F., les vaccins de Pasteur, le cinéma, le moteur à essence. Je leur dis que ce sont de grands bienfaits pour l'humanité, mais qu'il faut fermer les fenêtres parce que des vapeurs d'essence s'exhalent précisément de l'asphalte en fusion. Je leur apprends que les campagnes se dépeuplent au profit des villes au moment où les journaux annoncent que huit cent mille Parisiens quitteront la capitale pour le 14 Juillet. Je sens qu'ils vont emporter de moi l'image d'un menteur et d'un mauvais coucheur... lorsque nous prenons pied, tout d'un coup, sur ce sol privilégié où l'Histoire raconte, enfin, leur histoire. Ils ont un grand-père qui a fait la Marne, un père qui a fait Dunkerque, la suite leur appartient; à eux qui ont rampé en couches-culottes sous les Stukas, qui ont croqué des biscuits vitaminés, qui ont entendu le canon dans le Champ-de-Mars, qui ont suivi des femmes tondues sur le boulevard, qui savent que le moteur est maintenant atomique. Ils n'ont plus qu'à se reporter à leur journal habituel, je les abandonne à la rue.

Et j'attends qu'octobre me ramène, avec le premier frisson des feuilles rousses, une autre promotion de petits garçons dont les ancêtres s'appelaient autrefois les Gaulois.

Les premiers temps, je m'étais accommodé de cette facilité cyclique. Les années qui s'envolaient me revenaient dans le creux de la main comme des boomerangs. Je confondais volontiers l'engourdissement avec le bonheur. Je ne partageais pas l'anxiété de Sophie penchée sur son corps impeccable pour en épier le moindre flétrissement. Elle éprouvait cette inquiétude des femmes qui les projette dans l'avenir, les fait murmurer : « Dans cinq ans... dans dix ans... dans vingt ans... » et les berce, Cassandre d'elles-mêmes, dans la prémonition de ruines épouvantables. Je n'arrivais vraiment à me sentir vieillir qu'en me considérant à reculons : « Il y a cinq ans, disais-je... il y a dix ans... il y a vingt ans... » et toute une existence pratiquement sans grand relief en tirait plutôt une saveur croissante. Là aussi, nous nous tournions le dos. J'ignore ce que Sophie regrettait dans son avenir, outre la cellulite – sans doute les hommes qu'elle ne croiserait pas, les bijoux qu'elle ne porterait pas, les pays où elle n'habiterait pas – mais je sais qu'elle n'avait pas de passé. C'est le propre des jeunes épouses. Sans cela on ne les épouserait pas. Moi j'étais assez sûr du mien, que je ranimais fréquemment en compagnie de mes camarades. Sophie pouvait en prendre sa part à discrétion, sauf le souvenir de mon aventure avec Albertina que je réservais comme un joyau pour les initiés. Et j'étais parfaitement insouciant de l'avenir.

Puis lentement, il se fit qu'entre mon métier d'écureuil et cette maison qui n'était pas la mienne, ma respiration devint irrégulière. Ce qui m'était apparu comme internat prit la couleur d'un internement. Il arrivait que je m'en allasse. Mes pas me conduisaient jusqu'au viaduc du métro qui se fait aérien à la station « François-Mocqueur ». Sous la carcasse métallique se tenait un marché en plein air. Ses rumeurs répondaient à la tranchée bruissante de la longue rue de l'Énergie, qui marque la lisière de ce canton de Paris où je n'osais pénétrer. Je n'allais pas plus loin que l'école. Après, je n'aurais plus su où m'arrêter. J'aurais continué jusqu'aux Portes. Elles ouvraient presque sur la campagne. C'était par là qu'après l'autre guerre, mon père était arrivé à la ville en souliers vernis. Il avait laissé ses sabots Dieu sait où, peut-être devant les Portes. Ça ne lui avait pas réussi. Il venait de mourir aux Enfants-Malades. C'était assez dans sa manière. Je l'aimais obscurément. Depuis, je portais son pardessus beige et un penchant à la rêverie dans les cafés. J'avais décousu les décorations qui, elles, ne sont pas héréditaires. On trouvait pourtant que je lui ressemblais beaucoup. C'est pourquoi j'évitais désormais les faubourgs : j'avais trop peur qu'on ne m'appelât pour me demander de reprendre le départ. Je revenais sur mes pas. Je me dissimulais dans les quartiers confirmés. Je regagnais ma maison froide qui ne me donnait aucun signe de vie, mais qui n'en exigeait aucun. Et je laissais s'assoupir toutes les tentations pour prix de ce confort usurpé d'être un bourgeois clandestin.

Or, cette nuit-là, il me vint pour la première fois le sentiment aigu que je dépérissais sur pied. Fut-ce parce que ma visite derrière l'abbé Vincenot m'avait procuré la révélation en coupe du reste de l'équipage, la juste place et les aboutissants de notre maturité dans ces appartements disposés comme des claies? Fut-ce parce que je me navrais d'entendre, feuille après feuille, notre boule de gui se répandre sur notre couche et que j'en dégageais des symboles implacables? Toujours est-il que je me surpris à proférer, ainsi que Sophie avait accoutumé de le faire :

– On n'a qu'une vie!

– Qu'est-ce que tu dis? articula cette dernière, en se dressant machinalement.

– On n'a qu'une vie.

– Et alors, tu renonces à dormir pour ne pas en perdre une minute.

Elle se leva dans sa longue chemise, fit trois pas en rond, embrassa d'un œil son domaine familier. Velasquez et Chardin ne la verrouillaient pas.

– Le porte-bonheur a fini par nous dégringoler sur la figure, dit-elle. C'était à prévoir.

Un immense espoir m'envahit; je crus qu'elle allait formuler, toute ouatée de torpeur, la maxime de notre tristesse. Après nous verrions clair dans nos secrets.

– J'aurais dû la retirer plus tôt, poursuivit-elle, mais je ne peux pas porter l'escabeau toute seule. Ne t'en occupe pas; je balaierai ces saletés-là demain.

Une semaine auparavant, elle m'avait déclaré : « Tu n'étais pas fait pour te marier si jeune. » Ainsi avais-je découvert qu'au milieu de ses balais, de ses pinceaux, de ses songes, elle éprouvait quelquefois le souci de moi. J'avais protesté, attendri qu'elle m'associât à son désarroi du jour et désireux de m'en détacher du même coup. Ce qui me restait de gouvernement sur notre foyer m'obligeait à forcer les feux de l'optimiste. Je nous savais insuffisamment armés pour le malheur en commun. Il ne m'appartenait pas de reconnaître que, moi non plus, je n'étais pas très heureux. L'eussé-je avoué que c'en eût été fini de nous. Rien ne pouvait m'effrayer davantage. Plutôt que de me résigner à cet échec, j'étais prêt à passer pour un monstre d'inconscience, à jouer l'idiot du ménage, le ravi du foyer. Ce soir-là, pourtant, poussé par quel démon? j'insistai afin de la mettre sur la voie :

– Je voulais surtout dire qu'on n'a qu'une seule boule de gui pour sa vie entière. Ça n'est pas beaucoup.

Ce langage un peu épais, qui contrevenait à toute une politique de pudeur, la déconcerta. Elle n'avait pas, pour l'heure, la tête chagrine. Elle me demanda si j'avais décidé ce que nous ferions le lendemain. A ce moment, un choc assourdi au-dessus de nos têtes suspendit notre attention.

– Décidément, dit Sophie, elle est déchaînée.

Le lendemain? Par habitude, je me reportais à l'école, non que j'allasse y chercher mes consignes, mais des points de repère. Condé avait gagné la bataille de Rocroy dans l'après-midi et s'apprêtait, comme prévu, à l'emporter à Lens, Turenne après avoir ravagé la Bavière marchait sur la Bohême, le général suédois Kœnigsmark assiégeait Prague, le pape fulminait, les princes catholiques donnaient la main aux princes protestants pour assurer le démembrement et la réorganisation de l'Allemagne, on palabrait interminablement à Münster et à Osnabrück... Eh! bien sûr : demain c'était l'anniversaire de notre mariage!

– Cinq ans, dis-je, ce sont nos noces de quoi?

– Ce ne sont pas nos noces d'argent en tout cas, fit-elle d'un ton pointu.

– Ça ne nous empêchera pas d'aller au restaurant, si tu veux. Ensuite, nous sortirons.

– Toute la journée?

– Je ne peux pas, tu sais bien que j'ai cours.

– Fais-toi porter malade.

Cette dérogation aux rites traditionnels du mois de mars m'enchanta un instant. Je m'étais octroyé mon angine saisonnière aux alentours du Mardi-Gras. Je n'envisageais rien avant mon embarras gastrique de la mi-mai. Des névralgies pouvaient couper heureusement cette longue période d'assiduité. Je me ravisai :

– Plus tard, certainement. Demain, c'est trop important, c'est le traité de Westphalie.

– Encore!

– Ça n'est pas ma faute.

– Enfin, tu ne vas pas me dire, l'année dernière déjà...

C'était vrai. J'en reçus comme une grande gifle molle. L'écœurement que je sentais affleurer depuis le début de la soirée me submergea. Il n'était même plus question d'accuser la monotonie de ma vie, c'était sa rigueur, cette fois, qui m'apparaissait avec une évidence scandaleuse. Car, m'étais-je jamais dicté la moindre de mes lois? Il n'était que trop clair que mon destin m'arrivait, déjà mâché ailleurs. Ça ne datait pas d'aujourd'hui. Sophie et moi étions, à notre manière, des victimes de l'Histoire; elle nous avait ligotés jadis par des contraintes actuelles, elle nous étouffait maintenant sous des contraintes dépassées. Ma dévotion à son ordre immuable donnait à mon existence le tour d'une vis sans fin. Je compris que désormais je ne pourrais plus regarder en moi-même sans l'entendre moudre son engrenage dérisoire. Peut-être suffisait-il de faire sauter un écrou quelque part pour rouvrir les vannes de la fortune, de l'aventure, du devenir?

Puisque l'Histoire m'avait détraqué, je détraquerais l'Histoire. Les temps de l'inertie étaient révolus.

Aux approches de l'aube je décidai que cette année-là on ne signerait pas le traité de Westphalie, et il me sembla, en m'endormant, que le monde desserrait sa ceinture.

CHAPITRE III

La classe, située dans le pavillon moderne de la fondation Dupont-Strauss, était claire et confortable. Elle offrait des raffinements inusités dans les établissements scolaires et honorait l'appellation d'école-témoin dont se prévalait le cours François-Mocqueur. L'enseignement qu'on y prodiguait, au carrefour de la technique et de la culture, avait pour objet de nantir en idées générales de futurs ouvriers spécialisés. On lui devait déjà quelques contingents de tourneurs sur métaux d'une éloquence exquise, dont les noms voltigeaient en lettres d'or autour du parloir : la plupart n'avaient pas tardé à faire carrière dans la politique; certains étaient même allés en prison.

J'entendais ronfler au ras du plafond les appareils destinés à renouveler l'oxygène et l'azote, et la toupie glaciale de l'ozonateur. Un système géant de turbines et de tuyères distribuait harmonieusement une température toujours tiède, jamais sèche, à travers l'édifice et les demi-pensionnaires, qu'on gorgeait de vitamines, pouvaient déposer dans un frigidaire géant le modeste en-cas qu'ils apportaient en surplus. Le contraste entre les élèves, gentiment débraillés, roulant des sacoches d'écoliers campagnards, et la somptuosité du local, appelait l'esprit à des méditations sociales. De l'autre côté de la cour, les vieux bâtiments attestaient le pas de géant accompli dans l'ordre des réalisations. Il apparaissait qu'on ne les démolirait jamais pour ce qu'ils stigmatisaient les tares d'un ancien régime. C'étaient eux les véritables monuments témoins. Pratiquement, les enfants, qui sont conformistes et répugnent à la confusion des genres, les préféraient de beaucoup à cette nursery captieuse qu'on leur avait aménagée pour certaines heures d'esclavage.

Aux murs de notre salle, recouverts d'un enduit isolant, inodore, sans saveur, étaient accrochés, à gauche de la bibliothèque, le portrait du général de Gaulle, à droite celui du sergent Mocqueur, qui donnait son nom à l'établissement, en face une reproduction du mètre-étalon déposé au pavillon de Breteuil à Sèvres, également en réduction. Ce François Mocqueur, au visage avenant, que j'avais pris longtemps pour un benjamin des brigades internationales, une sorte de saint Louis de Gonzague des barricades, un libérateur du quartier, était en réalité un bledard chevronné des campagnes de Madagascar, décédé des fièvres à son retour en France où il avait réussi à introduire la noix muscade, dissimulée sous son képi.

Rien que de très rassurant dans tout cela. L'appréhension qui me nouait la gorge venait de la résolution que j'avais prise la nuit précédente. Vingt revues parmi les plus absconses et les essayistes les mieux en vogue avaient beau prêcher que la philosophie ambiante s'orientait vers le *refus,* il me semblait que j'allais un peu loin. Pouvais-je abuser l'innocence de ces têtes blondes et brunes penchées devant moi sur leurs cahiers? N'avais-je pas le devoir de leur sacrifier mon appétit de vivre? A trente ans, je n'avais plus grand-chose à attendre. Comment? Trente ans déjà! Trente ans seulement! Et Condé qui, maintenant, marchait sur Anvers..., et Turenne qui franchissait de nouveau l'Isar et se proposait de galoper sur Vienne... Pour gagner du temps, je proférai d'une voix étranglée :

– Posez vos porte-plume.

Dans un brouhaha contagieux de pupitres claqués et de règles cascadeuses, les élèves obtempérèrent joyeusement. Seul le petit Bloch, à l'affût d'une notation grappillée, prit un crayon dans sa trousse. Je leur interdisais la pratique du manuel, par quoi ils se jugeaient dispensés de suivre mon cours. En revanche, à partir d'une ossature très stricte, je les conviais par moments à des lectures ou à des commentaires d'un ordre plus élevé, menés sur le ton de la conversation à tête reposée. La direction encourageait cette façon « vraiment humaine » de procéder.

– M'sieu, je peux sortir?

C'était le gros Ballois dont l'incontinence était passée à l'état de proverbe.

– Non, lui répondis-je précipitamment, pas maintenant.

Il m'apparaissait confusément que s'il s'en trouvait seulement un dehors à l'instant que j'allais tenter cette entreprise décisive, tout serait ensuite à recommencer. Il ne devait pas m'en manquer un. J'allai même jusqu'à penser. « Je ne dois pas en manquer un », tant ces enfants me semblaient alors les victimes de mon caprice. Ainsi les bourreaux des exterminations collectives devaient-ils souhaiter qu'il n'y eût aucun rescapé. Ballois me jeta un regard tragique.

– Mais c'est moi, gémit-il.

J'ignorai cet appel, au milieu de la réprobation générale, et plaçai devant moi une pile de livres entrecoupés de signets jaunis par l'usage, dont la seule vue me raffermit dans mon propos.

– Or, depuis 1641, c'est-à-dire depuis sept ans, la France et la Suède d'une part, l'empereur d'Allemagne d'autre part, s'étaient mis d'accord pour négocier les conditions d'une paix qui eût mis fin à la guerre entamée trente ans auparavant. Ils avaient choisi pour siège de leurs conversations les deux villes de Münster et d'Osnabrück. Il serait difficile de reproduire dans tout son éclat le brillant et mouvant spectacle que présentaient alors les deux cités westphaliennes dont on avait fait le théâtre d'un si grand concile. Les combats déchaînés partout alentour s'arrêtaient au seuil de ces lieux privilégiés où les nations ne luttaient plus que d'habileté et de magnificence. Toute l'Europe chrétienne, catholiques et protestants mêlés, s'y retrouvait dans la recherche commune d'un équilibre international. Il s'agissait de donner à l'Allemagne chaotique une constitution qui la morcelât officiellement et un statut religieux entre les diverses confessions. Les conquêtes des Alliés ne cessaient pas pour autant de se développer. De mois en mois, en Flandres, sur le Rhin, sur le Danube, sur la Baltique, des batailles sanglantes se livraient, qui avaient pour but de consolider des avantages, un butin territorial, qu'on revendiquerait au moment de la signature, en récompense de toute la peine qu'on se serait donnée pour assurer les « libertés germaniques »...

Jusque-là tout allait bien. Par-dessus la tête attentive de Bloch, j'apercevais, à gauche, dans une aura trouble, la silhouette du gros Ballois qui se trémoussait, et plus loin, Minier qui jouait avec un miroir de poche. Ça n'était pas le moment d'intervenir. Je poursuivis :

– En fait, personne n'était pressé de signer, pas même l'empereur Ferdinand, qui espérait toujours que son cousin Philippe IV d'Espagne, dont les armées tenaient la Hollande, obligerait les Français à rabattre de leurs prétentions, Mazarin revendiquait l'Alsace, les Trois-Évêchés : Metz, Toul, Verdun, et convoitait les Pays-Bas espagnols. Il écrivait que leur acquisition « formerait à la ville de Paris un boulevard inexpugnable; elle deviendrait véritablement le cœur de la France. Il serait placé dans l'endroit le plus sûr du royaume ». Aussi ne désirait-il négocier ses victoires qu'au plus haut cours. Quand, vers octobre 1648, il rappela Turenne et Condé, comme on siffle une meute, chacun pensa que la paix était proche...

J'essayais une dernière fois de surprendre dans l'œil de la classe l'éclair d'une méfiance. Elle n'était ni plus ni moins attentive que les autres jours; et j'enchaînai en baissant imperceptiblement le ton :

– C'est alors qu'un Allemand nommé Teufœld, auquel les gens du peuple prêtaient une renommée de sorcellerie, commença d'ameuter les territoires d'empire aux cris de « Vive l'unité allemande! A bas le Diktat de Westphalie! ». L'homme n'était pas un prince, mais un reître mineur possédant à sa dévotion quelques hordes fanatisées. Le mouvement prit rapidement une ampleur considérable. La rumeur en parvint aux oreilles du comte de Trautsmandorf, ministre plénipotentiaire de Ferdinand III, au moment où il trempait sa plume pour signer le traité. Subjugué, le diplomate précipita son écritoire au visage des représentants alliés et courut rejoindre les rangs de Teufœld. L'incident consacra la rupture des pourparlers. Déjà Münster et Osnabrück brûlaient dans leurs faubourgs. La lutte reprit de plus belle. L' « encrier de Trautsmandorf » fut considéré longtemps dans les chancelleries comme le symbole des impondérables diplomatiques. Le langage vulgaire dit plus couramment : c'est la bouteille à l'encre.

Et voilà : je venais de passer la frontière, le dos rond, le derrière rentré, comme un fuyard qui échappe au douanier. Je m'accordai un instant pour souffler. Mes élèves, les bras croisés sur leurs blouses, raclèrent des pieds, doutant si c'en était fini pour aujourd'hui. Ils eurent ce frémissement qu'on pressent pendant les concerts, où des spectateurs ignorants de la partition laissent échapper des applaudissements avant l'accord final. Minier leva un doigt et l'abaissa dans la direction de Ballois :

– M'sieur, il a fait.

C'était dit sans perfidie, plutôt avec un soupçon de gravité, comme s'il eût voulu m'informer des conséquences de ma cruauté et du désappointement unanime de ses camarades. J'avais commis là un manquement aux convenances tacites qui régissaient notre société, d'autant plus impardonnable qu'il paraissait gratuit. J'entendis qu'on murmurait du côté de Ballois : « ... Certificat du docteur. » J'agitai la main en signe de protestation :

– Une petite minute, vous sortirez après. Reprenez vos cahiers. Il y en a pour une dizaine de lignes.

Le saut étant accompli, il me fallait immédiatement exploiter le terrain, assurer mes positions sur les domaines inconnus où je m'avançais. Le plus clair de la situation était que la guerre de Trente ans continuait. Trente et un... Trente-deux... Trente-trois... Il n'était peut-être pas inopportun de commencer d'abord par battre un vieux record, celui de la guerre de Cent ans. Cela ne manquerait pas de stimuler l'intérêt de ces enfants, dont la plupart admiraient les champions avec un chauvinisme sans fissure. Pour satisfaire leur sens sportif et flatter leur amour-propre national, je décidai de m'arrêter au chiffre 101 et j'annexai d'urgence les Pays-Bas à la France, à la suite d'une campagne que j'attribuais à Turenne, plus sympathique que Condé.

– *Résumé,* dictai-je : *Pendant que Mazarin réprime la Fronde à l'intérieur, le parti du cavalier Teufœld met fin aux atermoiements du congrès de Westphalie et soulève l'Allemagne. La guerre de Cent un Ans continue. Elle est marquée, dès 1648, par l'envahissement fulgurant des Pays-Bas qui assure à la France un rempart sur la Meuse, à défaut de frontières naturelles sur le Rhin. Accrus d'une nouvelle province maritime et d'une population industrieuse et vaillante, notre caractère ethnique va s'en trouver modifié et, sans doute, notre destinée...* Pour la prochaine fois, à titre d'exercice culturel, vous décrirez en une page le type moyen du grand Français blond... Ballois, mon garçon, vous pouvez sortir.

Je relevai la tête. La classe se détendait, respirait d'aise à suivre le repli confus du gros Ballois. Tout était en ordre. Le général de Gaulle et le sergent Mocqueur affichaient dans leur cadre cette mine altière qu'on leur connaît. Je regardai, par acquit de conscience, le mètre-étalon : il ne s'était ni dilaté ni rétracté d'un millimètre.

Quand je regagnai le vestiaire des professeurs, où les plus âgés d'entre nous s'adonnaient à des opérations compensées de gilets et de vestons dans l'ombre des placards, mon collègue Savarin, chargé des leçons de Morale et de Civisme, s'exclama que j'avais l'air radieux. C'était un personnage assez bas dont j'avais éprouvé depuis longtemps le cynisme et la mélancolie. Il pointait les bulletins de vote le jour des élections.

– C'est l'avantage des sciences exactes, poursuivit-il, de vous donner de jolies couleurs. La Morale, voire le Civisme, brassent des notions plus élastiques qui vous abîment le teint.

Je savais qu'il m'enviait une certaine fraîcheur de façade qui était une offense vivante à notre condition. « Il a des espérances, ce jeune Perrin, il a des espérances », aimait-il répéter, et sa voix trahissait indifféremment le regret des amours enterrées, des agrégations manquées, des héritages dilapidés.

– Et puis, ajouta-t-il en rangeant un paquet de copies dans sa serviette, mon cher, vous ne bafouillez plus.

Il me revint qu'en effet j'avais éprouvé, tout à l'heure en classe, une manière de soulagement, dont je ne m'étais pas arrêté à déterminer la raison profonde; je m'étais senti léger, disponible, comme autrefois dans les vergers de Sevrette. J'en avais attribué tout le mérite à mon émancipation nouvelle. La vérité est que le trouble d'élocution dont j'étais affligé depuis mon retour d'Allemagne venait de m'abandonner. Ce bégaiement confirmé, loin de nuire à l'exercice de ma profession, me valait des surnoms affectueux de la part de mes élèves et l'estime des parents; ceux-ci appréciaient que leurs enfants pussent, par le fait, entendre deux fois le cours sans perdre une année. Le temps d'un éclair, je m'attristai d'être dépouillé de ce signe particulier.

– Ce sont peut-être les radiations nucléaires, dit Savarin, tandis que nous sortions par l'avenue de Suffren. Rien ne se passe dans l'éther qui n'agisse sur nous. J'ai entendu parler d'un homme parfaitement normal qui se prend à bégayer comme un forcené chaque fois qu'une expérience atomique se déroule quelque part. Plus sensible qu'un sismographe, il enregistre et traduit à sa façon la moindre manipulation de neutrons. Ça lui vient à table, au bureau, dans l'autobus. Rien qu'à l'écouter, ses proches sont avertis qu'on s'agite dans l'Oural ou au Texas. Car, évidemment, l'ennuyeux c'est qu'il ne localise pas. Les Russes et les Américains lui ont néanmoins offert des ponts d'or. Tiens, grosse bête! Ils savent bien que si ce n'est pas eux qui ont pressé sur le bouton, c'est que ce sont les autres... Enfin, à ce que j'entends, si vous permettez, vous, ce serait plutôt le contraire. Il n'importe, j'ouvrirai le journal demain.

Je l'assurai que la physique du noyau n'entrait pas en ligne de compte dans la disparition de mon infirmité, mais bien une certaine disposition à la joie de vivre qui m'habitait depuis le réveil.

– Convenez, Perrin, que vous avez des espérances! dit-il en s'arrêtant, les jambes écartées, pour en mieux supporter la confirmation.

– Peut-être, répondis-je.

– Du côté de votre femme?

– Non, pas à proprement parler.

– L'inspecteur d'Académie? insista-t-il, en se pinçant la boutonnière à l'endroit des palmes.

– Oh! surtout pas.

Un nuage traversa mon ciel. J'éprouvai le spasme du voyageur sans billet qui aperçoit une casquette de contrôleur. Après tout, le jeu en valait la chandelle. Entre le traité de Westphalie et l'évasion, il n'y avait pas à balancer. Mon imposture, si jamais elle venait à être découverte, pourrait, au mieux, passer pour une thèse, au pire, pour une tentative philosophique. On en connaissait de plus raides. Je ne risquais que d'être mis à la porte et de devenir le pape d'une nouvelle religion de la « non-historicité des phénomènes ». On mijoterait les slogans en temps opportun. Du reste, j'avais toujours la ressource de rejoindre la route nationale par quelque traverse.

Savarin s'était remis à marcher.

– Je ne comprends pas comment un garçon fortuné comme vous l'êtes se plaît à végéter dans l'enseignement. Parce qu'entre nous, il s'agit bien de ça, hein? dit-il, en frottant, cette fois, son pouce contre son index.

Il avait cette manie d'appuyer sa conversation par des gestes vulgaires, minuscules, étriqués, où il fallait voir la dégénérescence d'une vocation de tribun, qui lui était descendue, petit à petit, des bras dans les mains, des mains dans les doigts.

– Sacré Savarin! Combien de fois faudra-t-il vous

répéter que nous ne sommes pas riches. Je ne peux tout de même pas m'en vanter.

– Je m'en vante bien, moi, répondit-il. Et je ne crains pas de dire que quand on commence à mettre de l'argent de côté, on finit par se mettre du côté de l'argent. Or, Perrin, à quel clan appartient-on, lorsqu'on demeure là ?

Comme s'il eût braqué un revolver, il tenait sous le feu de son index ma maison, devant laquelle nous étions arrivés. Hier encore, la question eût suffi à tendre mes chaînes. Je haussai les épaules.

– Mais on n'appartient à rien du tout, mon vieux. Je ne vais pas vous apprendre que l'homme est libre, à vous dont c'est le gagne-pain. Les jeux ne sont jamais faits. On peut toujours relancer.

– Je croyais que vous affirmiez volontiers le contraire. La liberté, vous vous asseyez un peu dessus habituellement. Moi, je me suis battu pour.

L'homme libre agita deux petits ailerons à la hauteur de sa taille et fit bâiller son pardessus. Deux crayons, le bleu pour la Morale, le rouge pour le Civisme, roulèrent sur le trottoir.

– Eh bien, vous voyez, dis-je, en me baissant, ça prouve que tout, et chacun, peut changer.

– Ça changera, répondit-il en dardant vers la maison un œil prometteur.

L'avenue, elle-même, ne s'était-elle pas transformée ? Je lui trouvais davantage de volets ouverts, d'échos, de reflets. Il me semblait apercevoir un client dans le bistrot timide, éclos hors de saison au pied de ces immeubles sobres. Un trafic insolite de voitures et de piétons animait la chaussée. On entendit un klaxon, puis un sifflet d'agent plus suave, entre ces murs, que la roulade du rossignol. La véritable révolution des choses était en train de s'accomplir à l'insu de ce pauvre Savarin. Je lui dissimulai le sentiment vague que j'avais d'y être pour un peu. Mais je lui fis part de cette précieuse nouvelle pour qu'il l'emporte dans sa rue adjacente et s'en repaisse dans son appartement sur cour.

– Jeunesse, ricana-t-il. N'avez-vous pas vu que des travaux barrent l'avenue Duquesne et l'avenue de Tourville : ils ont établi une dérivation.

J'étais tout près de penser que moi aussi, dans le fond, je n'avais fait qu'imposer une dérivation à l'Histoire, Westphalie étant en réparation, lorsqu'une boulette de papier tomba entre nous deux avec un bruit mat. Je me penchai en arrière et j'aperçus Sophie qui m'adressait de grands signes du haut de son balcon. Tandis que Savarin, légèrement incliné, bredouillait : « Mes hommages » entre son faux col et sa pomme d'Adam, je ramassai le projectile; et, comme elle l'avait lesté d'une pièce de cinq francs, je me mis à brailler *Le Temps des cerises.* Ce qui eut pour résultat de lui faire fermer la fenêtre, d'effaroucher Savarin, qui s'enfuit en soupirant encore une fois : « Jeunesse! » et de surprendre le général qui rentrait.

– Général Méténier, dit le général, en s'engouffrant dans l'ascenseur.

– Sébastien Perrin.

– Vous bridgez?

– Passablement, mon général.

– Moi pas.

Il respira un grand coup :

– Parce que, si j'avais su bridger, ce ne sont pas

deux étoiles que j'aurais eues là, mais trois, peut-être quatre...

Il n'y avait rien à répondre. Je regardais la manche de son pardessus de ratine avec toutes les marques extérieures de la compréhension et du respect.

– Dites-moi, il paraît que vous êtes venu chez moi, hier, en compagnie d'un aumônier. Qu'est-ce que c'est que cette histoire?

– Mon général, c'est incompréhensible, nous cherchions un mort.

– Pour faire un bridge? Non, mais je dis des bêtises, sans doute, je ne sais réellement pas comment on joue. On m'a raconté qu'il y avait des appareils pour apprendre tout seul. Ça ne me semble pas catholique. D'un autre côté, où voulez-vous trouver des partenaires : les générations, je ne suis pas de leur force, quant aux sous-lieutenants, eux ne sont pas de mon grade. Notez que je connais le piquet, le whist et la manille. J'ai toujours eu un jeu de cartes de retard.

– Il s'agissait d'un vrai mort, mon général, ou si vous préférez, d'un mourant.

– Tué?

– Probablement pas.

Le général qui avait vu ses camarades disparaître les uns après les autres, éprouvait, lorsqu'on évoquait la mort, le sentiment généreux d'être un embusqué, d'avoir déserté le destin de sa génération pour les tiédeurs d'une retraite illimitée.

– Vous savez, je ne l'ai pas toujours regardée de profil.

– Qui ça, mon général?

– La camarde, parbleu!

L'ascenseur s'était arrêté et frémissait sur ses amarres. Le général ne manifestait pas l'intention d'en sortir.

– Pour le chauffage, vous êtes d'accord : on continue jusqu'à Pâques?

Nous avions reçu, un peu plus tôt, le projet d'une pétition à soumettre à un gérant anonyme, par quoi les locataires étaient appelés à se prononcer sur cette question.

– C'est que j'ai conçu chez moi un modèle de brûleur, poursuivit le général, qui nous ferait réaliser de sérieuses économies. A qui le soumettre? Vous connaissez quelqu'un dans cette maison? C'est le vaisseau fantôme.

– Eh bien! maintenant, dis-je, avec une jovialité respectueuse, nous voilà au moins deux.

– Évidemment. Dans quelle arme avez-vous fait votre temps?

– Mon général, j'ai eu la chance d'appartenir à une classe qui n'a pas été appelée. Je n'ai jamais été soldat.

Il me considéra en prenant du champ, autant que le lui permettait l'exiguïté des lieux :

– Vous appelez ça une chance! Les occasions n'ont pas manqué pourtant ces dernières années. Notez que nous avons suffisamment d'officiers de réserve. Encore heureux quand il ne s'agit pas d'officiers sous toutes réserves ou même d'officiers de droit commun. Vous voyez ce que je veux dire... Mais alors, quel est votre métier? interrogea-t-il, comme si le fait de n'avoir pas porté l'uniforme eût dû me vouer au chômage.

– Je fais de l'Histoire, répondis-je, en savourant au passage la justesse de cette expression.

– Moi aussi j'en ai fait, dit le général, je l'ai faite moi-même, un peu partout, pendant que les malins bridgeaient.

Repris par son obsession, il se rapprocha de moi :

– J'estime que j'avais toutes les qualités qu'il faut : précision, sang-froid, mémoire, intuition et déduction. Avec ça une humeur égale et beaucoup de discrétion. Bridge implique silence, ne l'oubliez pas.

– Mais rien n'est perdu, mon général.

– Bah! Il est trop tard.

Je pensais à ma mère, dans son petit atelier de la rue de Seine, qui avait entrepris d'apprendre l'accordéon, passé la soixantaine, pour piquer encore une fleur dans ses cheveux blancs, pour rouvrir sa vie, comme on demande au sommelier de déboucher une seconde bouteille qu'on n'aura peut-être pas le temps de boire. Je dis doucement :

– *Trop tard,* ce n'est pas un mot de général, mon général.

Sophie m'attendait sur le paillasson. Elle me demanda quel était l'horrible individu avec lequel j'avais bavardé si longtemps sur le trottoir et pourquoi je m'étais évanoui entre le rez-de-chaussée et le sixième étage. Elle était fardée d'impatience.

– Nous sortons, tu ne l'as pas oublié?

Je ne saurai jamais expliquer comment il se faisait que nous eussions davantage d'intimité dans la rue que chez nous. Parmi la foule nous reformions un couple, nous retrouvions nos visages de fiancés. Il devenait difficile de nous séparer. Le malheur était que nous nous promenions rarement ensemble.

– Tu ne trouves pas que notre avenue est belle aujourd'hui? demandai-je. Le sang court plus vite.

Elle n'avait rien remarqué et se pressait vers la foire lumineuse qu'on voyait s'allumer du côté de l'École militaire. Elle était gloutonne de magasins, de cafés, de musiques. Elle avait hâte de se sentir sous le regard des autres. C'était drôle d'éprouver les mêmes appétits sans les partager. Était-ce drôle?

Des grappes humaines se collaient en essaims bourdonneurs à l'arrière-train des autobus. Les contrôleurs criaient :

– Les femmes et les enfants d'abord!

Comme dans les naufrages. En plus gai. Il faisait un temps à acheter un billet de la loterie nationale. Nous filâmes sur les Champs-Élysées. Il n'était pas permis de douter qu'on eût repeint la ville à neuf. Une tendresse rare flottait dans l'air. Les gens se dévisageaient avec l'émerveillement complice des enfants qui ont mis un doigt dans la crème. Ensemble, nous goûtions un peu de printemps en cachette, avant même qu'il ne fût servi.

Le restaurant était un palais de glaces. Je souriais aux femmes sans savoir pourquoi; les femmes me souriaient par retour du courrier, des milliers de femmes, et puis celle-là, en face de moi, qui était la mienne. C'était singulièrement restrictif. C'était également plus sûr. Je lui pris la main par-dessus la nappe. Elle fronça un peu les sourcils et dit :

– Voyons!

A la table voisine, une dame entre deux hommes, entre deux âges, entre deux vins, tendait un bras mol dans notre direction. Je crus d'abord que nous allions servir de cible à cette ébriété opulente, solidement assurée sur ses flancs. Mais il s'avéra qu'elle ne visait que le ciel et je l'entendis proférer :

– Je vous jure, Fred, que c'est la bombe atomique qui a mis l'atmosphère cul par-dessus tête. On ne s'y retrouve plus avec les saisons. Il y a maintenant deux printemps par an... Eh bien! mes chéris, ça me fait quatre-vingts printemps!

Je m'attendris à cette rencontre entre les propos de la mémère richissime et les élucubrations du maigre Savarin. Il n'était peut-être pas vain qu'il y eût, de par le monde, une inquiétude commune aux reines et aux bergers. Les hommes étaient bien braves, au fond.

– Et comme boisson? demanda le garçon.

– Un blanc très sec, dis-je avec importance, un Traminer ou un Riesling.

Le restaurant nous fournissait en général l'occasion de nous dire des choses dont nous n'aurions pas songé à nous entretenir à la maison, dans la cuisine ou dans notre lit. L'obligation dans laquelle nous nous trouvions de lancer entre nous ces serpentins de la parole qui isolent les convives, les fixent à leur place, les confirment dans l'assurance qu'ils ne sont pas en train de dîner avec ce monsieur ou cette dame, là-bas, ôtait beaucoup d'importance à ce dont nous parlions. Nous en profitions lâchement pour frôler nos sujets les plus graves. Nos affaires se trouvaient réglées avec l'addition. Ce soir-là, il n'y avait que du plaisir à rire.

– Il est arrivé une lettre de papa, dit Sophie. Il est en Allemagne et il nous envoie un vrai prince qu'il nous charge d'accueillir gentiment. Ils ont vécu ensemble une éclipse inoubliable.

– Il va loger à la maison?

– Non. Il faut simplement le cajoler un peu, comme quand l'archiduc est passé.

Le garçon qui nous dressait un plateau d'huîtres écarquillait un œil flatteur.

– Au fait, dis-je, en me penchant, lorsqu'il eut tourné le dos, tu sais que je n'ai pas signé le traité de Westphalie...

J'étais un peu ému de mettre quelqu'un dans cette confidence magistrale. Je craignais qu'elle ne l'accueillît mal et se récriât d'horreur.

– Alors qu'est-ce que tu as fait tout cet après-midi? demanda-t-elle simplement.

– J'ai fait ma classe.

– Eh bien! tu le signeras la prochaine fois.

– Tu ne te rends pas compte des conséquences incalculables que cela peut présenter.

– Taratata... fit-elle en haussant les épaules.

A ce moment, le garçon se coula vers nous, la mine défaite. Il nous rapportait la carte des vins et nous jeta à voix basse :

– Il n'y a plus d'Alsace!

Je me tournai vers Sophie :

– Tu vois, dis-je. Ça commence.

CHAPITRE IV

Le matin qu'ils vinrent chercher la vieille Élina, les croque-morts négligèrent de tendre au-dessus de notre porte ces draperies noires qui tiennent lieu de faire-part aux étrangers et aux moineaux. La maison ne prenait pas le deuil. Nous n'aurions jamais été avertis des obsèques si l'on n'était venu nous prier d'autoriser le passage à travers notre appartement du léger cercueil, trop volumineux pour les virages étroits de l'escalier de service. A l'époque, le moindre coup de sonnette nous affolait. Nous avions, comme j'ai dit, l'impression de vivre en cachette de nos parents. Nous les soupçonnions de nous déléguer des espions sous des déguisements variés. Celui des P.T.T. revenait très souvent. Ce jour-là, quelques amis avaient passé la nuit à la maison. Nous les enfournâmes tout nus dans des placards avant d'aller ouvrir.

L'homme qui se tenait sur le seuil avait l'air de connaître son métier. Il dit, en désignant ses camarades :

– Ils ne peuvent quand même pas la mettre à la verticale.

Depuis les Égyptiens ça ne se fait plus. Les morts

ne s'en relèvent pas. Dégrafés comme des déménageurs, ils tirèrent donc la caisse de bois blanc entre le buffet et l'évier. Pendant un instant, elle ne fut plus qu'un meuble de cuisine parmi les autres, ils auraient pu la laisser là. Mais ils s'engagèrent dans le couloir, admirèrent les peintures dont la pâte profonde les impressionna et prirent par le grand escalier, non sans se regarder dans la glace.

C'est environ deux étages plus bas qu'ils croisèrent le prince d'Arunsberg. Celui-ci, qui montait à pied par méfiance, souleva son chapeau sur le passage du corps et leva les yeux vers nous, qui suivions le cortège du haut de notre palier. Rassuré par le négligé de notre accoutrement, il estima que le malheur ne devait pas nous toucher de trop près et continua de grimper.

– Suis-je devant l'appartement de M. Sacha de Novilis? demanda-t-il.

Sa lourde pelisse bouchait l'entrée.

J'acquiesçai tandis que Sophie s'enfuyait sur ses savates.

– Et vous êtes M. Sébastien Perrin?

Je m'inclinai derechef, le visage en flamme, le plexus crispé, suffoquant de souvenirs, de joie, de contrariété.

– Je suis le prince d'Arunsberg, dit-il, et j'ai un billet pour vous de la part de votre beau-père.

Fermant des portes, en ouvrant d'autres, je l'aiguillai jusqu'au salon où je fis toute la lumière. M'avait-il reconnu? Je revoyais le crépuscule d'orage sur lequel sa haute silhouette m'était apparue, l'étincellement de ses yeux gris, j'entendais encore gronder l'intendant, comme le tonnerre souligne l'éclair.

A nos pieds, ce cheval que j'avais fait tomber et que j'avais tenté ingénument de relever en le saisissant à pleins bras...

– Il semble que vous m'ayez déjà été présenté, dit cet homme au visage flétri par le voyage et l'insomnie. Est-ce à Baden, au Cercle de France?

– Monseigneur, j'étais à Traufstein sous les ordres de Baüer.

Je prononçai cette dernière phrase comme j'eusse dit : « Sire, j'étais à Wagram sous les ordres de Berthier. » C'était ma guerre, après tout! Traufstein était un des domaines du prince d'Arunsberg et Baüer son homme de confiance.

– Prisonnier? demanda-t-il.

– Non, garçon d'étable.

Il s'étonna poliment et me remit le message de mon beau-père :

Mon cher Sébastien,

Encore une Altesse royale. Celle-ci n'est pas de toute première grandeur, mais elle est admirablement alliée. Je l'ai rencontrée dans le Taunus et nous avons aussitôt sympathisé *sur la foi d'amitiés communes. Sans grever trop largement votre capital, ni votre temps, je compte que vous lui faciliterez le séjour qu'elle doit faire à Paris. J'en ignore la durée et ne puis vous en révéler l'objet qui est de taille et ressortit au secret d'État. Ne m'en veuillez pas. Je demande à l'historien de le céder au gendre. Montrez à Son Altesse nos modestes bibelots, faites-les valoir par le contexte d'un jeune foyer français, clair, aisé, ordonné surtout. Épargnez à notre visiteur la rencontre de ces amis charmants qui embellissent votre existence à deux, mais l'entretiennent dans un climat de Bohême, dont le cristal retentirait fâcheusement aux oreilles du prince qui sont de Hesse-Nassau. Mais j'y songe! Cet Arunsberg n'est-il pas celui où vous vous êtes trouvé dans les semaines qui ont précédé votre libération? Je sais suffisamment le prix que vous attachez à la mémoire de votre adolescence pour espérer que vous me saurez gré de vous en restituer ici une parcelle.*

Vous me manquez beaucoup, ainsi que ma petite Sophie tant aimée. La Jungfrau, où nous nous trouverons quand vous recevrez ce mot, est imparfaitement dégagée. Je présume que cela retardera un peu mes observations et le saut que nous envisageons de faire, Dorothée et moi, pour vous embrasser. Bien chaleureusement à vous.

Sacha de Nov.

– Votre beau-père est un homme charmant, dit le prince, comme s'il venait de lire dans mes pensées. Il possède un goût très sûr, il est d'une intelligence exceptionnelle et il a une très belle barbe.

Dans l'ordre inverse, c'était, en effet, ce qui frappait chez Sacha. J'acceptai le compliment dans son ensemble.

– Il a la taille comme notre cousin George V, poursuivit le prince, pour lui tout seul.

Du côté du vestibule et des chambres d'amis – les bien nommées – je percevais des galopades, un tumulte de joyeusetés indistinctes, des fous rires. Je remontrai à mon hôte qu'il fallait que j'allasse m'habiller beau pour mieux le recevoir et, comme il nous restait un fond de lait, je m'offris à lui servir un très petit déjeuner.

– Allez, dit-il, ne vous dérangez donc pas, je m'accommoderai de la femme de chambre que j'ai aperçue en arrivant. Faites ce que vous avez à faire.

J'avalais ma salive, car j'entendais les hauts talons

de Sophie se rapprocher dans le corridor. La porte s'ouvrit.

– Monseigneur, fit-elle, en pouffant.

Le prince se dressa comme un ressort, puis se cassa en deux sur la main de Sophie, pimpante, parfumée, méconnaissable.

– Permettez-moi de vous présenter ma femme, la fille de M. de Novilis, dis-je.

Puis, plus bas, à l'adresse de Sophie :

– Il t'a prise pour la bonne.

– Le vieux salaud, murmura-t-elle, tout en tirant des fauteuils.

– Je vous dérange beaucoup, dit le prince. C'est que...

– Pas du tout, protestai-je. Mais la bonne, chérie, où est passée la bonne? c'est incroyable!

– La bonne! dit Sophie. Ne plaisante pas, tu sais bien qu'elle est morte. Vous l'avez croisée en montant, monseigneur, une personne de dévouement comme on n'en trouve pas en dehors des familles. Elle était chez nous depuis vingt-cinq ans. J'ai également une petite souillon, mais ça n'est pas la même chose. Il faut sans cesse être derrière elle. Et, maintenant, la voilà encore descendue.

Je dus convenir à part moi que c'était assez bien venu, et que ce train de maison – ce train fantôme – donnait à notre jeune foyer aisé une tournure qui eût enchanté mon beau-père.

– Moi aussi, dit le prince sombrement, à Arunsberg j'ai eu souvent déjà la douleur d'accompagner mes vieux serviteurs jusqu'à leur dernière demeure... Ach! sursauta-t-il, je vous importune doublement : je pense que vous vous apprêtiez à...

– Nous étions sur le point de partir, dit Sophie,

qui voyait une occasion de s'en débarrasser, mais cela n'a aucune importance.

– C'est le devoir des maîtres, dit le prince. Et comme je... comme j'ai... Enfin, si vous le permettez, je viendrai avec vous.

L'avenue était beaucoup trop large pour le vilain fourgon sans chiffre et sans ornement qui se traînait à quelques mètres devant nous. J'eus tôt fait de le rejoindre et, grimpant sur le marchepied, je frappai au carreau. Cette apparition ne laissa pas de surprendre la veuve, assise à côté du chauffeur; elle escamota son sac sous la banquette. Moi-même, je reçus un choc, car elle portait une coiffure de perles tressées mauves, comme si elle se fût mis sur la tête la couronne qu'elle destinait à Élina. Plus sage, l'employé des pompes funèbres cala son moteur et me demanda ce que je désirais.

– Je voudrais connaître votre itinéraire, répondis-je, et savoir, madame, s'il y a une cérémonie.

J'étais touché qu'elle se trouvât toute seule pour ordonner ces piètres funérailles domestiques.

– On va à Sainte-Rita-de-Jouvence, dit le chauffeur, vous n'avez qu'à suivre.

– N'avez-vous pas l'intention d'accélérer?

– On ne peut pas, c'est l'allure de cortège. Il nous est imposé au ralenti. Seulement, après l'église, on emballe jusqu'à la fosse, là je vous préviens.

Je retrouvai le prince qui demandait à Sophie si elle avait déjà séjourné à Karlovy-Vary. Pauvre Sophie en détresse! Je les amenai tous deux à distance décente du corbillard sur lequel nous réglâmes notre pas. Chacun s'enferma dans ses pensées.

En tête gambadait un croque-mort rubicond, strictement boutonné; à cette heure fraîche de la matinée, il ne se croyait pas obligé de serrer de trop près le protocole et en prenait à son aise avec les petits cailloux du chemin qu'il chassait d'une bottine désinvolte. Ensuite venait le caisson bringuebalant, secoué de frémissements grotesques et d'élans retenus. Puis notre trio méditatif : Sophie et moi encadrions l'auguste vieux marcheur dont la majesté emmitouflée nous faisait paraître plus jeunes, plus dégagés. Le soleil, qui commençait à nous agacer les reins, fermait la marche.

Quand nous atteignîmes le viaduc, je me dévissai le cou pour apercevoir l'école. Sophie s'éclaircit la gorge.

– C'est ici que mon mari, commença-t-elle...

Je la clouai du regard.

– Un s-Bahn, comme à Berlin, dit le prince en considérant une rame qui se lançait dans la courbe.

Deux vertes, une rouge, deux vertes, les voitures portaient, dans quel code? un message chatoyant au ras des arbres.

Aussitôt, les artères se firent plus passantes. A l'entrée de la rue de l'Énergie, où nous suspendîmes la circulation, l'agent nous adressa le salut militaire auquel le prince répondit de bonne grâce. Un marchand à la sauvette, qui vendait de l'élastique, accroupi dans le ruisseau, derrière l'écran d'un triple rang de ménagères, interrompit son négoce pour soulever sa casquette dans notre direction. Ce faisant, il se démasqua à la convoitise féroce du représentant de l'ordre. Le bruit d'une altercation monta sur nos talons. Par dignité, nous nous retînmes de tourner la tête. Déjà, le marché dont l'écume venait rouler sous les roues de la voiture, s'entrouvrait devant nous; le public, au milieu duquel nous tracions un sillon de gravité, nous avait à l'œil.

– Pourriez-vous me dire quel est ce monument? chuchota le prince, en désignant d'un gant discret le lavoir de Plaisir-Jouvance où de robustes jeunes femmes, les manches retroussées, pénétraient en jacassant à l'envi.

L'une d'entre elles, déhanchée sous le faix d'une large corbeille, prit le temps de se signer en nous apercevant.

– C'est un lavoir municipal, répondis-je, comme l'indique le drapeau de métal pendu au-dessus de la porte.

– Il est très beau, dit-il. Je n'en avais jamais vu du côté de la place Vendôme. En verrons-nous d'autres?

– Je ne sais pas, monseigneur, c'est la première fois que je viens jusqu'ici.

– Madame, peut-être?

– Oh! Non. Sophie fait laver par nos gens et nous fréquentons plutôt à l'opposé.

Rue Veule... Passage Rencard... Allées Faustin-Manière... Mes découvertes m'enchantaient. J'appréciai tout le charme de cette péripétie qui remettait entre les mains d'un prince le pouvoir de m'ouvrir des villes interdites et, qui sait? celui de me restituer peut-être les provinces les plus chères de mon passé. Sans la présence de Sophie, je me fusse depuis longtemps hasardé à lui demander des nouvelles de sa nièce Albertina avec toute la prudence désirable.

Il devait certainement ignorer notre idylle qu'il n'eût pas tolérée du temps que je balayais ses écuries. En outre, bien que les miracles eussent cessé de m'effaroucher, j'appréhendais qu'à son retour, il n'entretînt trop brutalement la jeune fille d'un garçon qu'elle devait croire mort depuis de nombreuses années. Je me contentai donc d'épuiser la tentation des banlieues qui m'agitait.

Pour en avoir aperçu une photographie dans un illustré catholique, où elle figurait l'archétype de la cathédrale néo-cubiste, je savais Sainte-Rita posée en bordure des boulevards extérieurs, à mi-chemin de la porte de Plaisir et de la porte de Jouvance, sur ce tronçon qui porte le nom du maréchal Peton, duc de Bordighera. Quelques-uns de mes élèves habitaient ce secteur réputé pour la coquetterie de ses immeubles modernes et je ne fus pas surpris de reconnaître le gentil Vandenbroecke dans cet écolier, les bras ballants, qui considérait notre équipage avec une moue consternée. Ses lèvres esquissèrent un « Bonjour m'sieur » dénué de servilité, puis il rougit jusqu'aux oreilles à la pensée que je ne prendrais plus en considération les mots d'excuses qu'il m'apporterait quand il serait absent : machinalement, j'avais regardé l'heure à l'une de ces solides pendules pneumatiques qui règlent l'activité des rues nerveuses. Je le rassurai d'un sourire, qui acheva de le persuader que j'étais plutôt un rigolo et lui ouvrit des perspectives insoupçonnées sur mon égalité d'âme devant les grandes douleurs et les loisirs que ma mansuétude lui offrait de manquer la classe. Je devais apprendre par la suite qu'il tomba de surcroît amoureux de Sophie, dont il fit à ses copains des descriptions inspirées par la lecture clandestine des traités d'éducation sexuelle. La veille, j'avais précisément interrogé Vandenbroecke sur la mort de Teufœld. Il m'en avait donné un récit calqué sur celle de Hitler, dont les journaux produisaient quotidiennement une nouvelle version. Cette agilité d'esprit, cette faculté de transposition à laquelle j'avais cédé moi-même en inventant le personnage d'un meneur germanique, m'avaient confondu chez un enfant de cet âge. Il m'avait avoué que son père, bachelier par accident, lui faisait réciter ses leçons et les nourrissait de sa propre expérience. J'en avais conçu d'abord un effroi légitime jusqu'à ce que je me fusse rendu compte que l'homme était simplement un bavard, qui tirait prétexte d'un semblant de parchemin pour faire l'important, le soir, sous la lampe. Il n'y avait guère de danger de ce côté-là.

Depuis quelques instants, le prince, qui n'avait cessé de jouer du chapeau à l'adresse des populations, manifestait une lassitude certaine. Comme nous longions un palais qui me sembla être une mairie, Sophie lui suggéra délicatement de prendre un taxi et de retourner à son hôtel où je ne manquerais pas d'aller le retrouver, sitôt que cette pitoyable corvée aurait pris fin. Une panique vague brouilla le regard du prince.

– Non, non, protesta-t-il. Est-ce encore loin?

Les rues s'élargirent de nouveau en avenues plantées d'arbres. Les merceries devinrent moins secrètes, les salles des cafés moins profondes, les magazines, jaunis entre les pinces à linge des papetières, moins inactuels. Les mystères de Paris se dissipèrent sous les platanes, entre les mannequins de carton pendus aux gibets des boutiques de confection. Les gens qui circulaient autour de nous, indifférents et rapides, ne furent bientôt plus que des silhouettes de transit. En prêtant l'oreille, on eût entendu le chant débridé des autobus de Ceinture qui les avaient amenés.

– Nous y voilà, dis-je, pour le prince et pour Sophie, éblouis par la pièce montée qui s'offrait à nos yeux.

Le clocher de Sainte-Rita-de-Jouvance jaillissait à pans coupés d'un dédale de hangars bétonnés, qui figuraient d'assez loin la nef, l'abside et le transept d'un édifice ecclésiastique; une église, si l'on veut, mais d'après le tremblement de terre, un phare au-dessus des terrains vagues pour les enfants voués au bleu de travail, un joli moment de civilisation. Une allée goudronnée, où l'imagination cherchait une pompe à essence, plongeait sous le parvis, mais des individus, sombrement habillés, nous dirigèrent vers une porte de côté, où un monte-charge plus modeste nous attendait.

La veuve, dès qu'elle eut sauté à terre, nous considéra avec méfiance et se cantonna dans une réserve morose, tout le temps qu'il fallut pour transborder la bière du corbillard dans l'ascenseur. On se serait cru dans quelque clinique, n'eussent été les draperies noires.

– Quelle est cette personne? Dois-je me présenter? nous souffla le prince, derrière le dos de la veuve, tandis que nous nous élevions dans d'affreux grincements.

– Une couturière, répondit Sophie, au hasard,

une proche parente probablement. Laissez cela, monseigneur.

Nous débarquâmes de plain-pied dans une petite chapelle latérale pauvrement illuminée, où un vicaire, revêtu d'un bref surplis, donnait des consignes à un bedeau torve. Celui-ci, qui se congestionnait rapidement à lorgner les jambes de Sophie, voulut nous affecter des prie-Dieu symétriques qui eussent mis en valeur le spectacle qu'il méditait de s'offrir pendant l'absoute. Un sursaut de la veuve, revendiquant entre ses dents une place d'avancée, déjoua ses plans et lui laissa croire qu'il y avait dans l'air une méchante querelle d'héritage. Nous nous trouvâmes relégués au second rang.

– Fait-on la quête, en France? demanda le prince, avec un rien d'anxiété dans la voix.

Tourné vers le cimetière de Jouvance, le fourgon palpitait sur place. Nous pressions le prince de rentrer chez lui, mais il nous objecta qu'il désirait au moins attendre la veuve, qui s'était attardée à la sacristie. Elle apparut enfin, accompagnée du vicaire. Nous comprîmes que celui-ci lui disait :

– C'est entendu pour la messe du 24, mais pour l'autre demande, je me déclare incompétent.

A ma grande surprise, la dame, loin de s'engouffrer aussitôt dans la carlingue, piqua droit sur nous. Le prince se déganta précipitamment. Je ne savais trop que faire.

– Messieurs, madame, déclara la veuve, quand elle ne fut plus qu'à trois pas, je voudrais parler au jeune homme.

Je sortis du rang, et elle m'entraîna un peu à l'écart, près d'un petit mur, où les croque-morts avaient rangé un attirail de crochets et de cordes.

– Vous habitez la maison, me dit-elle, je vous ai vu.

Elle triturait d'une main déliée un collier de béryls et me fixait de ses yeux bleus, plus riches en nuances que je ne l'eusse pensé.

– Oui, madame.

– Et vous avez, je crois, un ami prêtre; peut-être même habite-t-il chez vous? On le rencontre dans l'escalier.

– L'abbé Vincenot? Il n'était là qu'exceptionnellement, mais je tiens son adresse à votre disposition.

– J'aimerais le voir pour une question importante. Sonnez donc chez moi un de ces jours. Si possible, prévenez un peu à l'avance : les jeunes gens aiment bien avoir affaire à une femme élégante.

Sur quoi, elle se hissa à l'avant du fourgon, qui démarra comme me l'avait promis le conducteur des pompes funèbres. Je retrouvai le prince et Sophie dans la perplexité. Cette dernière, surtout, se rongeait de curiosité.

– Elle est beaucoup mieux que je ne croyais, lui dis-je. Elle a même de beaux yeux et m'a invité à lui rendre visite. Elle te remercie, ainsi que monseigneur, de l'avoir assistée dans cette épreuve.

Le plus curieux était qu'au vrai, elle n'eût manifesté aucune surprise de nous trouver là. Peut-être nous prenait-elle pour des amateurs? Il y en a.

– Je ne suis venu que pour vous, dit le prince avec dignité.

Nous fîmes quelques dizaines de mètres sur le

boulevard Peton, où les autos croisaient à une vitesse folle. Je n'osais pas entraîner le prince vers la terrasse d'une brasserie, comme c'est la coutume. Je n'osais pas davantage l'embarquer de force dans un taxi. Il paraissait désemparé et Sophie, sur qui les quartiers excentriques n'exerçaient aucune fascination, commençait à trouver l'aventure saumâtre.

– Rentrons, dit-elle, soudain. Je n'accorde aucun crédit à ma souillon lorsque je ne suis pas là. N'oublie pas, Sébastien, que tu as des copies à corriger.

– Mais, fit le prince, c'est que j'aurais voulu causer un peu avec vous.

Je lui répondis que je passerais à son hôtel avant la fin de la matinée et qu'il devait prendre sur lui de réparer d'abord les fatigues de notre longue promenade jointes à celles du voyage Francfort-Paris. Il se laissa traîner jusqu'à une station de voitures et nous reprîmes notre chemin en sens inverse, le prince soucieux, Sophie contrariée, et moi attentif aux témoignages de ma liberté. Nous nous séparâmes devant l'École militaire, dont l'architecture et les blessures multiples arrachèrent notre hôte à sa méditation.

– Mon cher fils Gunther, nous dit-il, s'est fait photographier sur ce perron, voici bientôt dix ans, et je ne puis qu'en retirer un sentiment de confiance à l'orée des démarches qui m'ont appelé à Paris...

– Alors, en route, papa! l'interrompit le chauffeur, qui embraya d'un coup sec.

Chez le boulanger, où Sophie m'avait envoyé acheter du pain, je me heurtai à la vicomtesse qui laissa choir dans mon gilet le contenu d'un paquet de biscottes, en sorte que je dus me laisser reconnaître. Elle était en vison et en espadrilles, le visage nu, le cheveu dénoué. Sa voix avait encore des moiteurs de saut du lit. On lui aurait donné volontiers son nom de jeune fille.

– Aidez-moi donc à porter mes filets, me dit-elle, et je vous ferai une confidence sensationnelle. Mais, avant tout, comment va l'abbé? Il a produit une impression profonde sur mes amies.

Tandis que nous passions chez l'épicier où elle avait un compte, je lui racontai que le charme de l'abbé Vincenot avait suffi à débusquer la veuve de sa retraite et que je ne doutais pas que nous revissions bientôt cette soutane dans une maison qui l'appelait avec une si grande impatience.

– J'en serais d'autant plus ravie, dit la vicomtesse, l'œil brillant, que j'aimerais beaucoup l'avoir à mon premier jeudi. Rien ne me retient plus de le présenter au mage Aristos depuis que je sais que le pape est Rose-Croix.

– Croyez-vous? fis-je en feignant d'en être ébranlé.

– Bien que je ne sois guère avancée moi-même dans la connaissance des Mondes Invisibles – nous n'avons qu'une femme de ménage et j'ai mon rang à tenir – je vous ai perçus, l'autre jour, l'abbé et vous, sous un climat mystique qui m'autorise à vous le révéler... Au fait, avez-vous finalement retrouvé ces Mordoret, qui présentaient toutes les caractéristiques des Chérubins de l'Informe? Vous vous livriez à une investigation dans le Troisième Cycle, avouez-le!

– Non, madame, il s'agissait de la bonne du

quatrième, et je reviens même de la porter en terre.

– Comment était-ce? demanda-t-elle sur un ton extrêmement mondain.

– Très simple, dis-je, mais il y avait un prince du sang.

– Aïe! fit-elle, en broutant ses lèvres, c'est suffocant.

– Un prince allemand, je dois le dire.

– Justement : ce sont les meilleurs! Oh! soyez gentil, amenez-le à nos séances. Nous pouvons avoir un printemps merveilleux.

– Je le présume très catholique.

– Moi aussi, dit-elle, en traversant notre avenue, je suis infiniment croyante. Vous pensez : dans cette époque terrible! Seulement toute seule, je ne peux pas. J'ai besoin de croire en commun.

Ainsi découvrais-je que la terreur du nouvel An mille n'épargnait pas les bastions de la futilité. La moindre marotte s'inscrivait désormais dans un système de défense pathétique, englobant la pratique des crudités râpées pour rajeunir, le recours orgiaque à la pénicilline pour ne pas mourir, le commerce des philosophies hindoues pour renaître.

– Au reste, poursuivit-elle, je n'ai rien abdiqué de la foi de mon enfance, non plus que mes amies israélites ou protestantes. Nous espérons seulement qu'il nous sera donné de traverser d'autres existences pour atteindre à notre plus grande perfection sur la terre et mériter enfin les séjours angéliques. Tout l'enseignement de notre mage tient dans ce quaternaire sublime, qui interprète dans le sens de l'espoir les sigles de la croix de Notre-Seigneur : I.N.R.I. *Igne Natura Renovatur Integra,* ce qui signifie, bien que je ne comprenne pas le latin : La nature est rénovée complètement par le feu.

Nous étions parvenus dans l'entrée, où elle discourait, une main sur la poignée de la loge. La concierge était naturellement absente. Mais nous avions déjà vu passer la jeune aveugle au bras de sa promeneuse.

– La plus heureuse d'entre nous, m'avait soufflé la vicomtesse, elle possède la clairvoyance involontaire.

Et voici que le général débouchait à son tour. Après quelques civilités, il s'excusa d'avoir surpris la fin de notre conversation.

– Vous parliez du feu, si je ne m'abuse; Perrin était sans doute en train de vous instruire de mon petit appareil?

– C'est-à-dire...

– Bon, je n'insiste pas, dit-il, en me jetant un regard de reproche. Mes hommages, madame...

Nous laissâmes s'éteindre le bruit de sa canne, puis nous nous sourîmes, comme des amis qui eussent toujours vécu dans le même village.

– Confidence pour confidence, dis-je à la vicomtesse, encore que la mienne soit bien matérielle, saviez-vous que le général Méténier avait inventé un brûleur?

– Je le saurais si son épouse était plus abordable. Où est l'intérêt?

– Nous pourrions être chauffés jusqu'à fin avril sans augmenter les charges.

– Mais c'est prodigieux, dit-elle. Je lui téléphonerai en voisine, dès ce soir. Au prix où sont aujourd'hui les flambées, j'aurai le salon le plus douillet de Paris! Je vous le répète, le printemps va être merveilleux.

En rentrant chez moi, je trouvai Sophie sur son lit. Elle s'était allongée tout habillée et, négligeant les soins de notre intérieur, vitupérait par un juste retour, l'insouciance de son père.

– Il exagère tout de même de nous coller un prince comme ça sur les bras. Celui-là est de la pire espèce : de celle qui sonne à sept heures et demie du matin, assèche les bouteilles de cognac et pince la taille des caméristes, quand il s'en trouve. Je les connais. Je les ai vus à l'œuvre, pendant mon excursion en Autriche, où un certain nombre d'entre eux s'étaient réfugiés chez notre cousine Marika; une véritable colonie de vacances! Tous fauchés, pingres et sans-gêne, semant la pagaïe partout. D'ailleurs, tu n'as qu'à regarder...

Depuis que l'anarchie en chapeau cronstadt avait pénétré dans notre appartement, il était d'évidence que le naufrage semblait s'être accéléré. Les volets n'étaient qu'à moitié repliés, les draps roulés en boule sur les bergères, les couvertures chiffonnées à terre. Bien qu'il fût près de midi, les bols du petit déjeuner traînaient encore sur les tables à jeu. Les rideaux, les meubles, les portes entrouvertes, retenaient un parfum d'alerte.

– Je ne vois là rien qui ne soit de ton fait, lui répondis-je. L'ordre supérieur dans lequel évoluent ton père, les Altesses Royales, les gérants d'immeubles et les inspecteurs de l'Université, peut bien contrarier notre vocation, tu n'en dois pas moins assumer ta charge qui est domestique, dans la plus noble acception...

– Je ne bougerai pas le petit doigt, dit-elle. Au moins je vivrai selon mon propre désordre.

Que faisais-je d'autre depuis ces quelques jours? La rébellion avait trop bonne haleine pour que je cherchasse à en priver Sophie. Tout au plus pouvais-je regretter que nous n'y fussions pas de connivence. Je pris les devoirs de mes élèves dans un tiroir de mon bureau et commençai à les feuilleter sur une jambe, dans l'intention de les corriger en me rendant chez le prince. Je cherchai, malgré moi, celui du gentil Vandenbroecke. Il ne s'était pas particulièrement distingué dans la description du Français moyen, grand et blond, où il s'était borné à choisir pour exemple un sien cousin, nommé Léon, betteravier de son état, buveur de bière et marié à une Polonaise de Nœux-lès-Mines, près de la frontière belge. Mais j'étais curieux de déceler l'influence de M. Vandenbroecke père sur la copie de son fils et de connaître la façon dont on assimilait dans les foyers la dernière leçon que j'avais faite aux enfants.

La dissertation élémentaire portait sur « le rayonnement technique et culturel du siècle de Louis XIV ». Je leur avais brossé un tableau éblouissant de cette époque, en remplaçant simplement la disgrâce de Fouquet, beau, prodigue, séduisant, par celle de Colbert, teigneux, ambitieux, besogneux, dont les seize heures de travail quotidien écœuraient même le petit Bloch. Nous n'avions plus besoin de lui pour devenir une grande puissance industrielle et commerçante, puisque les artisans flamands, les marchands de La Haye, les marins d'Anvers, étaient désormais les meilleurs sujets du royaume; c'est donc lui que j'avais coiffé du masque de fer pour l'expédier à l'île Sainte-Marguerite. Libéré de son mentor, riche à milliards de tous les trésors que lui rapportait sa flotte des Pays-Bas, le roi pouvait s'abandonner à sa nature profonde qui l'inclinait à la magnificence et à la guerre. Il avait rappelé Fouquet et l'avait chargé de former un gouvernement Lulli-Mansard-La Fontaine. Ce siècle était bien celui de Vaux et de Versailles. On s'y sentait davantage entre soi.

Tout cela, le gentil Vandenbroecke l'exprimait en des phrases enthousiastes et maladroites, où certaines notations sur la frivolité des princes laissait transparaître en contrepoint les opinions paternelles. La conclusion ne manquait pas de saveur :

Après la bataille d'Austerlitz on n'appellera plus Louis XIV que le Roi-Soleil. Il en profite pour répandre sur le monde les rayons de sa gloire : Molière invente le théâtre aux armées, Vauban dresse les plans des premiers polders, Mansard bâtit des châteaux en Espagne, Le Brun gagne sur tous les tableaux. Mais le plus grand peintre français de cette époque c'est Rembrandt. Le roi s'intéresse à lui, le fait travailler et accroche ses œuvres dans son palais du Louvre, où on peut d'ailleurs encore les voir aujourd'hui.

CHAPITRE V

Le prince d'Arunsberg-Butzbach m'attendait au salon de lecture. J'avais noué une nouvelle cravate, il avait retiré la sienne. Les terrains d'entente sont toujours délicats à trouver dans les premiers temps. Je tirais un peu d'assurance de quelque argent que j'avais dans ma poche. Je venais de toucher un arriéré de la Sécurité sociale, mais j'avais décidé de ne rien changer à mon train de vie. Mes amis disaient que j'étais un sage.

Je ne pénètre jamais dans le hall d'un grand hôtel sans accueillir avec gloutonnerie les parfums qui s'y croisent. C'est l'été en toutes saisons. La chaleur distille des effluves où domine le concours des hors-d'œuvre variés. J'aime surtout la flûte douce-amère des concombres et la basse chantante du melon. La sueur, d'une qualité très rare, exerce ici des ravages bénins. Les cuirs ont le teint frais. Les vitrines d'art veillent dans l'ombre des piliers. Seule l'enfance au pas de chasseur fait scintiller par instants l'éclair d'un bouton d'or. Et le soleil semble enfin tourner vraiment autour de la terre, ce qui est tout de même moins fatigant. Le prince me désigna un siège avec empressement, me regarda un moment d'un air pensif et ne put résister plus avant au désir de m'avouer qu'il débarquait ce jour-là à Paris dans l'espoir d'y écouler un diadème volontiers historique, ayant appartenu à sa grand-mère Mélanie de Meurthe-et-Moselle. Je hochai du chef pour lui faire toucher que nul n'est à l'abri de ce genre de petits ennuis.

– La situation est devenue impossible pour les propriétaires terriens, poursuivit-il. Les nazis nous ont pris une partie du sol, les Alliés nous ont tué une partie des hommes. Si je vous disais qu'il ne me reste plus qu'une petite montagne et trois malheureuses forêts! Je suis le premier ennuyé d'avoir à me défaire de cette pièce, mais d'un autre côté le gouvernement français y tient beaucoup.

Le prince était depuis plusieurs mois en rapport avec des conservateurs de musées, de hauts orfèvres, quelques experts. Cette façon de liquider son diadème par des voies officielles nous désolidarisait un peu. Pour ma part, sorti du mont-de-piété j'étais perdu. Il n'avait pas l'objet sur lui, ce qui ne témoignait guère d'une urgence pressante. Au demeurant, sa négociation ne me concernait pas. Mon rôle consistait à lui remettre les clés d'une cité dont il avait oublié le chemin, de nombreuses années plus tôt; à l'appeler « monseigneur », quand les conducteurs viendraient à l'injurier sur les passages cloutés.

Je croisai les jambes, cambrai le pied pour maîtriser une chaussette qui s'émancipe facilement au niveau de la cheville et, craignant que le contre-jour ne trahît l'usure de mon complet d'apparat, je m'abandonnai à une pose de trois quarts que je jugeai pleine de désinvolture et de retenue. Pauvre de naissance, j'attache encore beaucoup d'importance aux signes extérieurs de richesse. Je remarquai pourtant que mon prince n'était pas mieux vêtu que moi. Sans doute apprendrai-je que c'est là le comble de l'élégance.

– Alors, dit-il, comme ils n'ont pas d'appartement libre en ce moment, je n'aurai que mes repas au Ritz. Le reste du temps, j'habiterai ici, où descendait déjà mon cher fils Gunther.

Je sursautai : l'animal était revenu tout naturellement prendre pension dans un endroit réputé à travers l'Europe pour sa cave et le raffinement des tortures qu'on y avait exercées sous l'occupation. Les souvenirs sont parfois d'étranges fourriers. Je retins, comme une énormité, l'envie qui me prit de lui demander s'il avait déjà séjourné en ces lieux. Je savais qu'il avait été colonel jusqu'en 42, avant de retourner exploiter ses propriétés. Je constatai à haute voix :

– Vous ne serez pas logé à mauvaise enseigne.

– Oui, oui, admit-il, je dois douze cents francs au coiffeur.

– Douze cents!

Il embaumait.

– Plus un ou deux milliers de francs de taxis que j'ai demandés au chasseur. Je ne sais plus du tout me diriger dans Paris. J'avais très peur de m'égarer.

– Monseigneur, je suis à votre disposition.

– Je savais bien, dit-il, songeur... Au fond, nous nous connaissons très peu.

C'était vrai. J'étais arrivé sur les terres du prince trois semaines avant la fin de la guerre, un mois avant les Américains. La confusion des choses n'atteignait pas le domaine d'Arunsberg où les garçons d'étable demeurèrent à leur poste jusqu'au dernier jour. Je n'avais dû qu'à ma maladresse d'entrer en contact avec ce seigneur.

– Pour l'instant, reprit-il, je ne vous demanderai qu'un petit service. Disposeriez-vous d'un peu de monnaie?

– Certainement, balbutiai-je.

Je m'empêtrai à dégrafer l'épingle par quoi j'attache mon argent à l'intérieur de mon veston. Cette précaution m'interdit de le dilapider trop généreusement dans de mornes plaisirs, les rares fois où j'en ai. Je lui tendis un billet. Il m'en restait quatre. Je les palpai à gestes d'aveugle dans l'enveloppe de la Sécurité sociale.

– Vous êtes infiniment aimable, estima-t-il, d'un ton si peu convaincu que je lui offris spontanément un deuxième billet.

Je sentais que cette plaisanterie pouvait me coûter cher. J'approchais confusément d'un seuil que j'avais coutume de franchir jadis avec allégresse : celui du dénuement organisé. La règle d'or en était que puisqu'il ne me restait plus assez pour le nécessaire, mieux valait tout consacrer au superflu. Cette politique des duvets fait généralement faillite au réveil. Donc, il me sembla que je jouais aux enchères la considération du prince. Lui, prenait beaucoup plus d'autorité qu'au début. Ma pitié, car j'avais un peu de pitié de ce vaincu somptueux, faillit me quitter net. Nous étions, ici aussi, en train de retourner l'Histoire comme un doigt de gant. Dans cinq minutes, il allait de nouveau me brandir le spectre de la Gestapo et exiger le remboursement de cette jument que je lui avais tuée autrefois. J'étais ce vainqueur tremblant d'avoir à payer des réparations. Mais se souvenait-il seulement?

– Vous savez où nous en sommes, n'est-ce pas? Si j'arrive à leur faire accepter ce bijou, c'est autre chose qu'une bonne affaire pour moi, c'est un lien de plus entre Arunsberg et la France... Or, veuillez imaginer qu'en plein XXe siècle, pour une simple question de virement, je me trouve sans le sou jusqu'à après-demain. Pour discuter avec cette conférence des Beaux-Arts, il faut tout de même que je puisse me déplacer.

Les raisons qui l'avaient poussé à nous accompagner derrière Élina s'éclairèrent d'un jour singulier. Je lui allouai encore mille francs et il me confia qu'il se sentait mieux. On eût dit d'une transfusion de sang. J'étais au plus mal.

– Je vais abuser, ajouta-t-il, en désignant négligemment les théières auxquelles il s'était abreuvé depuis son retour du cimetière. Mieux vaut ne pas trop grever les maîtres d'hôtel, surtout dans les débuts.

Il apporta à me donner ce conseil éminent un tel accent de complicité que je me fusse dépouillé de bon gré en sa faveur. Il m'en fournit d'ailleurs l'occasion sur-le-champ en m'invitant à déjeuner. Dans l'empressement que je mis à refuser, je fis sauter sur le guéridon ce qui me restait d'argent. Le prince laissa s'appesantir sur les reliefs de ma fortune deux doigts en manière de presse-papiers, plissa un œil et déclara avec conviction :

– Quand vous repasserez par Arunsberg, je vous revaudrai cela, et largement.

J'aurais dû lui dire que je ne passe pas souvent par Arunsberg, que je considère même qu'il n'y a pas lieu d'en prendre l'habitude. Je suis obligé de me forcer légèrement pour en garder un souvenir parfait, qui tient pour le meilleur dans ma brève rencontre avec Albertina. Certes le paysage est magnifique et, de mon temps, les Ukrainiennes qui batifolaient autour des troupeaux avaient des grâces pesantes contre lesquelles notre subtilité s'émoussait délicieusement; mais il y avait aussi ce contremaître champêtre, cette sorte d'adjudant vacher qui nous menait au fouet, notre cœur fragile d'exilés et ma terreur des bombes et des vaches.

Oui, j'aurais dû lui dire tout cela, je me dérobai. Je mesurai soudain combien j'étais demeuré un enfant menacé, malgré l'âge et le mariage. Loin de m'effrayer, cette disposition m'apparut comme l'un des privilèges les plus exquis qui m'eussent été consentis depuis que j'avais révoqué le traité de Westphalie. C'était ainsi qu'Albertina nous aimait, nous autres les étrangers; elle nous voulait souffrants, anxieux, plus orphelins qu'elle-même, et si elle m'avait préféré, c'était probablement parce que j'étais le plus faible. D'ailleurs, elle avait cessé de me céder après que son pays eut capitulé, par un détour de pudeur qui n'excluait pas les sentiments.

Il pleuvait, le soir de mars – il y avait maintenant six ans – où j'avais gravi pour la première fois la colline d'Arunsberg. L'Autriche et l'Allemagne brûlaient derrière moi. Depuis dix jours, je fuyais sur les routes, me nourrissant de pissenlits et d'escargots, échappant indifféremment aux contrôles de la Wehrmacht, aux raids des alliés. Je fuyais quoi?

Le feu, la faim, la suspicion. L'eau qui gonflait les branchages m'avait paru douce, calme le ciel bas d'Arunsberg, et hors d'atteinte son château. J'avais longé la barrière du parc, craignant qu'on ne lâchât des chiens à ma rencontre, ou des soldats. J'étais parvenu devant de longues étables, pleines de froissements chauds, devant des granges profondes pleines de craquements secs, devant un chalet bas plein de silences lourds. J'avais frappé. La femme de l'intendant Baüer, une personne pieuse, m'avait ouvert. Elle s'était tenue un instant devant moi, dans la lumière, un bras jeté en travers de sa poitrine, effrayée par ma maigreur, par mon vêtement, par mon havresac si plat, si vide, qu'il ajoutait à ma pauvreté.

– Que voulez-vous ? m'avait-elle, enfin, demandé.

– Travailler, avais-je répondu, pour ne pas dire manger.

Alors, elle m'avait adressé un bref sourire et, jetant une cape de montagne sur ses épaules, elle m'avait conduit à la chapelle du château, où les autres étaient rassemblés.

Flanqué d'un moine bénédictin et d'une haute jeune fille brune, le prince d'Arunsberg lisait l'office du soir avec un accent terrible. Sur les bancs, jusque sous le porche, se tenait la foule bigarrée des serviteurs et des travailleurs agricoles. Les premiers, cossus, déférents, plutôt chauves, priaient pour leur patrie ; les seconds, déguenillés, lointains, échevelés, rêvaient à la leur. Et c'était loin d'être la même, tant s'en faut.

A la sortie Frau Baüer m'avait traîné devant son mari, une personne rude. Il m'avait demandé d'où je venais, où j'allais, ce que je faisais en France.

J'avais répondu que j'étais agriculteur mais que j'avais un peu oublié. Il m'avait dit que ça reviendrait vite. Puis, il s'était aperçu que je n'avais plus de forces et s'était pris à réfléchir, tandis que les Ukrainiens, les Polonais, les Tchèques, les Croates, les Serbes, les heimatlos et les amnésiques faisaient cercle en chuchotant. Je suppliais le Ciel pour qu'on me gardât à Arunsberg. C'était une question de vie ou de mort. Je ne voulais pas aller plus loin, retrouver le tumulte d'une autre bataille, d'un autre exode.

Baüer m'avait encore une fois estimé à mon poids et, haussant les épaules, il m'avait envoyé coucher avec les autres dans un grenier. J'avais serré des mains, dit des mots étranges, creusé mon trou dans une botte de foin. Je n'avais pu dormir parce que les Polonais, ou les Tchèques, ou les Russes, ivres d'alcool à brûler qu'ils dérobaient aux réservoirs des tracteurs, jouaient de l'harmonica et se chamaillaient aux cartes.

A l'aube, j'avais mangé une soupe au lait.

Baüer distribuait le travail sur un terre-plein, face aux coteaux où se levait le soleil. Les ouvriers disparaissaient par petites escouades, leurs outils sur l'épaule, presque gaiement. J'étais resté le dernier, tout seul. Baüer m'avait conduit aux écuries et m'avait demandé de harnacher une jument de trait, une bête énorme et susceptible, un cheval d'Apocalypse parmi l'escadron qui piaffait au licol dans les stalles voisines. Il m'attendait dehors. J'entendais claquer son fouet dans l'air léger. J'avais tourné autour du monstre, dont la robe gris fer, parcourue de longs frissons, ne présageait rien de bon, hésitant à choisir telle bride ou telle croupière, m'empêtrant dans les martingales, les colliers, les sellettes. Je soulevais la queue de l'animal, lui plongeais ma main dans la bouche, m'inondais de salive et de morve, me pinçais les doigts dans les mousquetons. Il me manquait toujours une petite longueur de courroie pour boucler l'ensemble et je n'arrivais pas à fixer la sous-ventrière. J'avais dû me glisser sournoisement dans un box voisin pour y dérober un supplément d'appareil. Et c'est parée comme un cheval de cirque, ahurie, entravée, hagarde, que j'avais lâché ma jument sous les yeux de l'intendant trop stupéfait pour ouvrir la bouche. Puisant dans mon désespoir je ne sais quels brins de culot, j'avais trouvé le courage de lui dire :

– J'ignore comment vous les sellez ici, mais en France, nous disposons d'une méthode beaucoup plus pratique pour laquelle certains accessoires me font défaut.

Il avait consenti à m'expliquer, avait attelé la musculeuse Frieda à une carriole de fumier et m'avait prêté un vieux chapeau pour me protéger des intempéries.

Fut-ce au dixième voyage, ou au centième, ou au millième, que je fis verser la voiture? Je ne me le rappelle plus. Le crépuscule descendait. Depuis le petit jour, j'accomplissais le va-et-vient entre une prairie en pente et une fosse à purin, j'emmêlais mes pas dans ceux de cette jument qui me marchait sur les pieds, je somnolais de fatigue. En un éclair, l'équipage se retrouva les quatre fers en l'air, moi pleurant d'être fusillé ou de perdre ma place et répondant par de vaines paroles aux hennissements douloureux de cette bête que j'étreignais. Baüer, apoplectique, était accouru au fracas. Le prince et la jeune fille brune, qui revenaient de promenade dans des habits de chasse, l'accompagnaient. Ils trépignèrent longuement autour de moi, à l'exception de la jeune fille qui ne quittait pas la plus extrême réserve. Justes dieux! Le prince se pencha sur la jument qu'il commença à flatter et à dégrafer comme une cantatrice, tandis que Baüer marchait sur moi... Je fermai les yeux... la jeune fille fit :

– Non!

... Et Baüer me confisqua le chapeau qu'il m'avait donné.

Le lendemain, la jument qui était pleine d'un poulain d'un mois, mourut entre mes bras, et, loin d'être chassé, je fus condamné à lui creuser une tombe derrière le bois, à mi-hauteur.

La terre était dure, semée de roches luisantes, trouée de poches d'eau. Je perdais pied parfois, quand il neigeait et qu'une glaise laiteuse remplissait ma fosse. Dans le silence et l'oubli, je n'espérais plus la fin de la guerre, mais la fin du monde. Il me fallut trois semaines pour en venir à bout. C'est pendant ces jours-là qu'Albertina vint me rejoindre et que nous nous aimâmes. Elle était bonne pour tout le monde. Mais pour moi, elle était meilleure. Lorsqu'elle arrivait, je posais ma bêche, elle étendait une couverture, et nous étions heureux. La terre était dure.

Jusqu'alors, j'aimais dans les êtres ceux qui me suggéraient un au-delà d'eux-mêmes, que je pouvais situer dans un autre temps, dans un autre lieu, dans un autre rôle. J'avais, comme ça, une collection de Vikings, d'Allobroges, de marquis de Sade, de muscadins, de merveilleuses parmi mes amis, et mes préférences allaient à la petite fille modèle. Or, pouvait-on concevoir Albertina autrement qu'elle n'était? Elle avait l'air d'une princesse et, de fait, c'en était une. Par là, je connus en toute simplicité la joie de posséder une femme telle qu'en elle-même. Je devais m'en remettre mal.

Le prince, son oncle, sans la tenir sous une tutelle féroce, était fort jaloux de cette enfant en qui s'épanouissait l'ultime branche des Arunsberg-Giessen. Il la présentait dans les châteaux du voisinage, où elle jouait aux échecs avec des barbons et des culs-de-jatte, et l'emmenait parfois à Francfort, où elle rencontrait des manchots et des borgnes. J'appris qu'elle n'appréciait ni l'opulence ni l'infirmité. Pour une princesse, elle était adorablement normale.

Je lui avais révélé que je n'étais pas agriculteur de mon métier, mais plutôt quelque chose comme un étudiant. Elle m'avait répondu qu'elle s'en était doutée et ne s'était pas montrée déçue. C'était une princesse qui n'avait pas la folie des bergers.

Je lui demandais parfois si elle comptait devenir reine un jour et elle disait :

– Peut-être, quand la guerre sera finie.

Je ne répondais jamais autrement du temps qu'on m'interrogeait sur mes études.

En bref, ce que je n'avais jamais connu, la liberté des corps et la liberté des cœurs, l'équilibre de renaître à deux pour une matinée, la joie savoureuse de la précarité, Albertina, qui était ma maîtresse et ma compagne, l'entretint autour de moi jusqu'à l'arrivée des premières jeeps. Ce soir-là, comme je jetais une dernière pelletée de limon sur la tombe du cheval, il me sembla que j'enterrais ma vie de garçon.

Les officiers américains donnèrent séance tenante une grande surprise-party au château. Ils gavèrent le prince de chocolat fourré au gingembre, comblèrent Albertina d'oranges et de parfums, s'offrirent à eux-mêmes de nombreuses bouteilles de whisky et nous firent tenir quelques paquets de cigarettes dans les granges où nous attendions en agitant de petits drapeaux. Vers les aurores, à l'heure où le soleil rallumait les vitres, un capitaine nous rassembla et s'enquit de nos connaissances en anglais. Bien que je n'aimasse pas me mettre en avant, je me présentai à lui. Sous le regard des autres, du prince, de Baüer, d'Albertina, il me conduisit jusqu'aux écuries et là, glissant un dollar dans ma poche :

– Garçon, me dit-il, après quelques verres, rien ne vaut un parcours de jumping. Soyez donc assez obligeant pour me seller un cheval.

Allemands en France, Français en Allemagne, Anglais en Belgique, Italiens en Autriche, Américains en Italie... combien étions-nous aujourd'hui, à travers le monde, de jeunes hommes adultes dont la vie de garçon dormait en terre étrangère, comme pour plus de sûreté? Je ronronnais, les yeux au plafond, dans ce hall d'hôtel, au cœur de Paris. Le prince d'Arunsberg, qui s'était absenté un moment, afin de louer une place pour les Folies-Bergère, revint de chez le portier avec un coupon et ce qui lui restait de mon argent.

– Monseigneur, lui dis-je, en me levant, je suis impardonnable, je ne vous ai pas encore demandé des nouvelles de la princesse Albertina.

– Albertina, fit-il, mais elle arrive après-demain avec le diadème.

CHAPITRE VI

– Trois sans-atout, annonça le général.

La consternation, qui s'était cantonnée jusque-là autour de la table de bridge, envahit le salon de la vicomtesse d'Anreymond. Les conversations baissèrent. On entendit cliqueter les cartons.

– Vous êtes intrépide, dit l'ingénieur Bauchard, qui était son partenaire.

– L'ardeur sacrée des néophytes, tonna gaiement le général. Mais rassurez-vous, j'ai ce qu'il faut.

Le vicomte, qui faisait équipe avec le bossu, haussa les sourcils et le second dit sèchement :

– Je vous en prie.

– Pardon, pardon, chantonna le général, au comble de la jubilation.

Je me tenais un peu à l'écart, comme en ce premier soir où j'avais pénétré dans ces lieux avec l'abbé Vincenot. On ne devient pas vite majeur dans la bonne société. Trop petit pour jouer avec les grands, trop grand pour me blottir contre les jupes des dames, il n'y avait d'autre place pour mon âge ingrat que ce tabouret de piano où je berçais une mélancolie de vieux page sans emploi.

La maîtresse de maison commandait de son divan

amiral à une flottille de fauteuils disposés selon les canons d'une hiérarchie étudiée. Elle avait pris l'aveugle à côté d'elle et lui caressait par moments le poignet, à moitié par pitié, à moitié pour revendiquer le bénéfice exclusif de l'attraction supplémentaire qu'elle offrait ce jour-là à ses invités. Elle aurait voulu qu'elle prononçât des mots d'aveugle, se libérât devant les autres d'un message nocturne, ou, à défaut, recouvrât la vue, tout soudain, là, chez elle. Mais la jeune fille, profitant d'un instant où le colloque se fragmentait, n'avait répondu à cette sollicitude qui la bouleversait, qu'en murmurant à son oreille :

– Oh! madame, vous êtes une bonne maman pour moi.

La vicomtesse, qui se massait elle-même pour ne pas paraître les quarante-trois ans qu'elle avait, les trente-sept qu'elle avouait, l'avait coupée assez sèchement. Assez de mots d'aveugle pour aujourd'hui.

Les Bauchard formaient un couple de pigeons heureux et confortables, dans une époque où les ingénieurs, nouveaux abbés de cour, venaient mettre l'au-delà en équation dans la ruelle des précieuses. On pouvait voir ces techniciens s'accouder à la cheminée pour rapporter avec gourmandise la formule de l'explosif à la mode, comme ils eussent fait de quelque épigramme. Et ces formules effectivement couraient la ville et le monde, où les gens les saluaient d'un sourire tremblant. Bauchard n'abusait pas de son accointance avec les divinités. La vicomtesse l'avait plusieurs fois convoqué à titre amical pour examiner le brûleur du général et en envisager les conditions d'exploitation. Elle nous avait rassemblés en ce début d'avril pour prendre une décision définitive et, comme elle répugnait à faire les choses à demi, elle nous avait adjoint d'anciennes amies de pension qui jacassaient, un auditeur au Conseil d'État qui écoutait et un dandy fourbu, dont les mœurs et l'érudition l'avaient, en leurs temps, divertie. Il abondait en anecdotes légères et en citations latines, mettant ainsi quelques feuilles roses dans l'encyclopédie vivante que la vicomtesse aimait à réunir autour d'elle.

La veuve s'était récusée par un mot incompréhensible qu'elle était descendue en chaussons glisser sous la porte du troisième; Sophie, non plus, n'avait pas voulu venir, moins par sauvagerie naturelle que par une sorte de lassitude touchante qui semblait s'être emparée d'elle avec le printemps. Elle s'était remise à faire le ménage sans plaisir, sans fantaisie. Nos amis étaient partis dans leurs provinces pour les vacances de Pâques, et elle disait :

– Je veux partir.

Mais si nous sortions, elle m'accusait de lui offrir une ville déserte et elle disait :

– Je veux rentrer.

Je la sentais vulnérable.

Depuis trois semaines, je regardais le téléphone. J'avais même payé comptant, au prix de lourds sacrifices, la note qu'on nous avait présentée, de crainte qu'on ne nous le coupât. Mais le prince, qui avait dû toucher son mandat, son diadème et sa nièce, ne nous donnait plus signe de vie. Peut-être était-il retourné à Arunsberg? Peut-être avais-je frôlé, sans le reconnaître, mon passé dans la rue, entre la place Vendôme et le faubourg Saint-Honoré, où j'allais rôder en proie aux tourments délicieux de la mémoire. Je n'avais qu'un pas à faire pour renouer mon fil, du moins le croyais-je. Je préférais m'en remettre aux mises en scène du hasard. Il ne me gênait plus qu'Albertina me crût mort du typhus, mais il ne m'appartenait pas de trop me vanter d'être vivant. Je voulais lui abandonner le privilège de le découvrir elle-même, dans l'espoir qu'elle accorderait à ma confusion un pardon qu'elle aurait refusé à ma désinvolture.

– Petit chelem! dit le général. Mon cher Bauchard, marquez-nous donc trois cents. Messieurs, excusez-moi encore.

Mme d'Anreymond se dressa sur ses coussins et jeta un œil vers la cloison vitrée derrière laquelle se trouvaient les joueurs.

– Il est étonnant, fit-elle, voilà seulement la cinquième fois qu'il bridge, à ce qu'il prétend.

– Ce doit être bien agréable d'avoir des partenaires dans la maison, dit l'auditeur au Conseil d'État, qui se morfondait dans un hôtel particulier du côté de Boulogne, j'en suis réduit à faire des réussites.

– Mais, nous ne le recevons que depuis le mois dernier, s'exclama-t-elle. Ça s'est déclenché tout d'un coup. Les portes se sont ouvertes. Nous nous sommes mis à vivre comme des commères sur nos seuils.

– Moi, je ne suis pas avancée pour autant, dit l'aveugle. Ils sont maintenant là et là, mes voisins, mes prochains, mais je n'ai pas le droit de les toucher, n'est-ce pas? Je ne connais que leurs essences. Et chacun des détails que vous m'en révélez m'en éloigne davantage. Je pensais bien que le général avait un crâne, mais je ne puis imaginer un crâne rose; que le jeune... je veux dire que M. Perrin ouvrait les yeux, mais je ne saurai jamais ce que sont des yeux verts; que le bos... je veux dire que M. Rodel portait un pantalon, mais qui m'apprendra les pantalons clairs? Le rose, le vert, le clair, me renvoient à ma nuit. Mes statues, ou mes jouets, s'estompent et se défont. Est-ce M. Perrin qui a dit : « Pardon? » Est-ce le général qui rêve près du piano? Est-ce M. Rodel qui froisse sa pochette? Est-ce bien vous, madame, qui caressez mes doigts? Faut-il demander pardon lorsqu'on a les yeux verts? A-t-on le droit de rêver quand on est général? Doit-on agiter des dentelles lorsqu'on est bossu?... Et peut-on s'intéresser à une pauvre fille quand on a la peau aussi douce que la vôtre?

– Ma chère, dit Mme d'Anreymond, si le mage était là, il vous remontrerait toutes les grâces de votre état, qui vous prédestine à vivre dans le monde des substances, en négligeant les accidents.

– Ainsi, dit le vieux dandy, sur le seul témoignage de la vue, à supposer qu'elle vous fût rendue, vous pourriez me croire brun. Eh bien! c'est faux : J'étais encore blond, hier soir, chez les Oustacheff et je suis par nature un rouquin, d'un roux chaud je l'avoue, mais enfin d'un roux!...

– Non! s'écria l'assistance, car c'était la première fois qu'il s'abandonnait à une confidence de cette importance et on lui sut gré aussitôt d'en avoir consenti le sacrifice pour consoler une infirme, comme s'il eût payé de sa personne à un gala de charité.

– C'est comme ça, reprit le dandy, qui avait en réalité les cheveux gris tirant sur le jaune. Alors, mon petit chou, ne regrettez pas l'univers des apparences. Nos sens nous abusent plus qu'ils ne nous réjouissent. Ils nous envoient grossir, selon le mot d'Horace, le troupeau des pourceaux d'Épicure, *Epicuri de grege porcos;* et c'est pourquoi j'agite de temps à autre mon mouchoir.

– Parlez pour vous, dit la vicomtesse, moi je ne rougis pas de mes sens, encore que je n'en aie plus guère l'emploi... depuis que la vie contemplative m'absorbe davantage, ajouta-t-elle.

L'aveugle n'avait pas fait entrer le vicomte dans ses litanies et elle lui en eut de la reconnaissance, car il était blafard, indigent et morne. Finalement, cette petite s'était très bien conduite, sa tirade méritait un autre public, on la réinviterait.

A ce moment, le téléphone sonna et l'on mesura la quiétude qui s'était installée peu à peu dans le salon aux regards de bêtes traquées que les invités échangèrent. L'aveugle, elle-même, sursauta et tourna son visage du côté d'où venait le bruit. Chacun voulut espérer que l'appel ne nous concernait pas, mais M. d'Anreymond, serrant son jeu contre son gilet, ouvrit une porte dans mon dos, me héla galamment et dit :

– C'est pour vous.

L'appareil était branché dans un petit bureau sur la cour, d'où l'on apercevait, au ras des toits, le phare tournant de la tour Eiffel, quelques étoiles rouges et de molles vapeurs mauves. Je pris le récepteur posé sur un fatras de polices d'assurance et de romans policiers.

– Allô! Sébastien!... C'est Sophie... Dis donc, remonte vite. Il est là.

– Qui? demandai-je.

Mais je le savais déjà.

– Le prince. Il veut te voir. Je présume qu'il a dépensé toute sa galette. Tu me jures que tu ne vas pas lui donner un sou?

– Il peut t'entendre?

– Non. Il regarde les tableaux dans la grande pièce. Il n'est pas seul, il est avec une fille.

– Comment est-elle?

– Un grand cheval pas trop mal. Mais dépêche-toi.

– Qu'est-ce qu'ils disent?

– Ils parlent en allemand, et tu sais bien que je ne le comprends que dans mes rêves.

– Tâche de rêver un peu.

– ... Euh! Ils disent que le Rubens est faux.

Sur quoi, elle raccrocha.

Le cœur glacé, je regagnai le salon pour prendre congé. C'est à peine si j'entendis, à quelques grognements, que le général venait de remporter une nouvelle victoire. On s'empara de ma pâleur.

– Il ne s'agit pas de quelque chose de grave? demanda la vicomtesse, avec cette spontanéité où s'épanouissait par intermittences une âme plus onctueuse qu'il ne paraissait.

– Non, mais je dois remonter. Une visite importante...

– Et le thé, dit-elle. Et notre abbé dont nous n'avons pas parlé. Quand nous l'amenez-vous?

– Le plus tôt possible.

– Et votre prince, y aurai-je droit?

– C'est justement lui qui m'attend, lâchai-je imprudemment pour forcer le passage.

– Mais, redescendez avec lui. Oh! je le veux tout de suite.

– Hélas! madame, il doit m'entretenir de questions qui côtoient les affaires d'État.

– Qui l'eût cru! dit-elle, en me considérant de la tête aux pieds... Et puis, dans le fond, vous avez raison. Aujourd'hui, je ne suis pas présentable. A part Margençay et Colignon, je ne dispose pas d'assez de troupes, ni de biscuits pour affronter un tel adversaire.

Lorsque son interlocuteur s'élevait au-dessus d'une certaine condition, Mme d'Anreymond acceptait de reconsidérer la conversation comme un art de guerre et empruntait ses machinations aux tactiques du duel.

– Eh bien, ajouta-t-elle, tâchez de nous revenir vite et amenez qui vous voudrez.

Soixante-dix marches me séparaient d'Albertina. Sonnerais-je à ma propre porte pour lui donner l'éveil, pour lui faire pressentir que quelque chose allait se produire, pour lui signifier d'emblée que je n'avais pas déserté le parti de l'intruse, de la passante? Ou bien prendrais-je la clé sous le tapis, comme un propriétaire, pour affirmer sans équivoque mon autorité sur les aîtres, le confort auquel j'avais accédé, et qu'il était doux d'accomplir ce geste tous les soirs de ma vie?... Sans m'en apercevoir, j'étais en train de carillonner furieusement.

– Qu'est-ce qui t'arrive? me demanda Sophie. Je te sens vraiment un autre homme depuis quelque temps.

– Un autre homme, c'est ça, un autre homme, dis-je, en l'écartant.

– Es-tu bien peigné, au moins, es-tu propre? Essaie de faire honneur à papa et ne demande pas où est la femme de chambre, c'est son jour de congé.

Elle se tenait légèrement penchée dans l'ombre qui dessinait des bretelles d'écolière sur sa blouse. Je lui souris, je lui serrai furtivement le bras. Ce fut notre dernière minute de complicité.

Albertina n'était pas tournée vers la fenêtre, ou vers la commode de Boulle, ou vers la pendule de Delft, elle était tournée vers moi; elle me reconnut avant que je fusse entièrement là, et elle dit :

– Tiens! un revenant.

Pourquoi ne baise-t-on pas les doigts des jeunes filles? J'avais un aide-mémoire sur les lèvres, un passe-partout, un post-scriptum. Tout ce qui permet de retrouver ou de rouvrir, de prolonger, je l'eusse mis dans un baiser. Au lieu de quoi, nous nous serrâmes la main plutôt sèchement.

Elle se rassit à côté de Sophie dans l'intention, où je vis plus de gaucherie que de défi, de m'indiquer que le temps avait parachevé l'œuvre du typhus et qu'elle prenait ma femme sous sa protection, fût-ce contre nous-mêmes. Je suis sûr qu'en cet instant elle eût souhaité en faire sa meilleure amie.

– La première fois que j'ai vu votre mari, il avait un chapeau très drôle sur la tête. Il était maigre à mourir et il essayait de porter une jument. Il faisait vraiment pitié.

– Je sais tout cela, dit Sophie. C'est fini depuis longtemps.

– Ah! vous savez tout, fit Albertina.

Comment pouvais-je lui faire comprendre que Sophie ne savait rien du tout et que tout continuait et que j'étais prêt à maigrir, à ramasser des chevaux à la pelle et à porter tous les galurins qu'on voudrait.

– Monsieur Perrin, disait justement le prince, vous qui bénéficiez d'une situation assise dans ce pays, vous qui nourrissez, dans l'enseignement, le propos de former les élites françaises... si... si... votre beau-père m'a dit... je vous le demande : pourquoi est-il si difficile de visiter le château de Versailles à la tombée de la nuit? Pourquoi dans les hautes sphères où j'ai évolué depuis mon arrivée semble-t-on prendre plaisir à me compliquer la tâche? Pourquoi le nom d'Arunsberg n'ouvre-t-il plus les portes? Hein! Qu'est-ce que vous pouvez faire à cela?

Mon Dieu, je ne pouvais qu'introduire un Arunsberg dans mon Histoire de France, lui offrir le royaume de Lorraine au détriment de Stanislas Leczinski, le beau-père de Louis XV. Oui, mais voilà, est-ce qu'il nous la rendrait?

– La petite Albertina ne peut même plus entrer chez les bijoutiers. Nous avons épuisé notre provision. Il va falloir que je fasse un voyage à Francfort.

Je ne laisserais pas Albertina manquer de bijoux. C'était décidé. La Lorraine irait, dès le lendemain, à la famille d'Arunsberg.

– C'est tout ce que je puis faire pour l'instant, murmurai-je, par distraction.

– Plaît-il? fit le prince. Je ne vous ai rien demandé, du moins pas encore. Car il y a cela aussi : j'aimerais assez que vous vous occupiez d'Albertina pendant mon absence et que vous m'avanciez un peu d'argent pour que je ne la laisse pas trop démunie. M. de Novilis m'a dit que je pouvais m'adresser à vous comme à lui-même.

– Combien? demandai-je à voix basse.

Car là, j'étais sûr qu'il ne me rendrait rien.

Il lança un nombre qui s'élevait à peu près à mes émoluments d'un trimestre, lesquels correspondaient à leur tour à nos propres dettes. Cette arithmétique me vieillit brusquement de six mois. J'entrevis un désert de pauvreté qui s'étirait jusqu'en octobre.

– Je ne suis pas encore parti, ajouta le prince. Je peux attendre un petit peu.

Cependant, Albertina disait à Sophie :

– Vous devez me juger d'une manière déplorable.

– Moi, dit Sophie. Pourquoi?

– Il vous a raconté son séjour à Arunsberg.

– Il ne faut pas le pousser beaucoup; il le raconte à tout le monde. Au début, c'était assez comique, maintenant, je trouve que cela a assez duré.

– Madame, je vous demande pardon, ma présence doit vous sembler un défi à l'honnêteté. J'avais besoin de certitude, comprenez-vous, et puis Perrin, c'est un nom comme Schmidt.

– Pas tout à fait, dit Sophie.

– En tous les cas, je le connaissais surtout sous le nom de Sébastien.

– C'est plus joli. Mais je ne saisis toujours pas ce qui vous trouble.

– Tous ces souvenirs.

– Écoutez, j'ai moi-même des cousins allemands; je vous promets que... enfin, évidemment, ça fait quelque chose sur le moment, mais nous étions des enfants à l'époque.

– Vous êtes généreuse, dit Albertina.

– Oh! fit Sophie, ça m'étonnerait bien. La vérité est qu'il ne faut rien s'exagérer, il n'a pas tellement souffert.

– Je ne lui en demandais pas tant, dit Albertina. Mais, de là à se faire passer pour mort...

– Il se faisait passer pour mort, s'esclaffa Sophie. Quel paresseux! Figurez-vous qu'ici, de temps en temps, il simule la maladie pour rester dans son lit.

L'une parlant des épreuves du cœur, l'autre des aventures du corps, le malentendu risquait de se prolonger indéfiniment. Je branchai Sophie sur le prince. Il lui expliqua que le diadème ne pouvait franchir la frontière chaque semaine et qu'il lui fallait abandonner Albertina à Paris pour monter la garde. De mon côté, j'entrepris cette dernière avec des phrases à tiroirs où je lui laissai à peine le temps de fouiller. En sorte que mon image présente commença à se brouiller devant ses yeux et qu'elle dut faire appel aux rayons d'un soleil ancien pour l'éclairer.

– Nous devons nous voir, nous confronter. Nous n'avons pas le droit de nous dérober, lui dis-je. Nous exigeons de savoir ce que la trentaine a fait de nos vingt ans.

– Mais comment sera-ce possible? dit-elle, si je suis invitée ici, si je partage quelques-uns de vos repas, quelques-unes de vos heures, si j'entre dans votre vie nouvelle. Ne dois-je pas me tenir en dehors?

– Oui, surtout en dehors, c'est à moi de vous rejoindre.

Le prince et Sophie venaient de tomber d'accord : Albertina déjeunerait chez nous et dînerait le soir, au Ritz, d'un simple yaourt.

– Je dois m'en aller, dit le prince. Nous sortons tout à l'heure et nous n'aurons que le temps de nous changer.

Sophie se glissa jusqu'à moi et me souffla :
– Je descends avec eux. Les boutiques vont être

fermées. As-tu de l'argent? Je ne peux pas les accompagner en portant des bouteilles vides.

Aucune jalousie ne l'effleurait. Je savais que dans ces moments-là, elle obéissait surtout au désir de ne pas paraître une épouse confinée.

– A très bientôt, dit le prince, en insistant cavalièrement. Je vous confie ma petite Albertina.

Je restai seul sur le palier. J'entendis leurs pas rebondir, se lier, se chevaucher. Je me penchai par-dessus la rampe. Je vis se fondre dans un tourbillon lent le chapeau du prince, les cheveux bruns d'Albertina, les cheveux blonds de Sophie... le chapeau du prince... les cheveux bruns de Sophie... les cheveux blonds d'Albertina... les cheveux blonds... les cheveux bruns...

La porte s'ouvrit au troisième. Je me reculai d'un mètre, comme si l'on m'eût surpris en flagrant délit d'indiscrétion. Plusieurs personnes se tinrent un moment dans l'expectative, puis une voix de femme dit :

– Ils sont partis.

– Vous l'avez vu, fit carrément la vicomtesse, celui qui marchait en tête, c'est un prince allemand.

– Et les charmantes créatures qui l'escortaient, demanda Colignon le dandy, des dames de sa suite sans doute?

– L'une doit être sa fille, il faudra que je cherche dans le Justus Perthès, l'autre est la femme de notre ami Perrin.

– Quelle belle maison! dit l'aveugle, et comme elle sent bon. Je vous en prie, décrivez-moi le prince. Est-il intrépide? Fervent? Dévoué?

– Il est grand, gros, rouge.

– Nous ne parlons pas le même langage, dit-elle.

Je n'entends pas les couleurs, ni les dimensions, à peine les formes.

Elle posa le pied sur une marche, s'appuya un peu plus lourdement au bras de son hôtesse.

– Ces femmes, demanda-t-elle encore, étaient-elles jolies et bien habillées? L'une l'emportait-elle sur l'autre? Semblaient-elles heureuses?

– Elles semblaient jeunes, dit la vicomtesse.

– Je vois, dit l'aveugle. Ensuite?

– L'une était coiffée comme le bruit de la mer, l'autre comme le chant de l'alouette dans les blés. L'une portait un manteau de fourrure généreux, un corsage téméraire, des souliers entreprenants; l'autre un imperméable résigné, une jupe rêveuse, des chaussures pleines de bon sens.

– Et moralement?

Foudroyé sur place, je quêtais un signe, une sentence, un ordre.

– Moralement, reprit la vicomtesse, beaucoup plus bas dans les étages, moralement, l'une allait à l'Opéra, l'autre chez Félix Potin.

– Et moi, fit l'aveugle, comment suis-je?...

– Oh! vous...

Une porte claqua.

L'argent que je devais remettre au prince me tracassa dans les deux jours qui suivirent, puis ce tracas tourna à l'angoisse. Je ne pouvais demander conseil à Sophie. Elle n'eût pas toléré que je me fusse laissé entraîner à de nouvelles somptuosités au-dessus de nos moyens. Telle était ma crainte de voir Albertina repartir avec le prince que je me mis à chercher ce second métier, que mon beau-père m'adjurait de prendre depuis longtemps pour occuper les loisirs inconsidérés dont je disposais entre mes heures de cours. Je finis par trouver une place de grouillot dans une revue de beauté intitulée : *Votre Poitrine*. Elle était rédigée par des polytechniciens et des agrégés de l'Université, dont j'étais chargé de ramasser la copie. Après une matinée euphorique, où je sillonnai Paris à bicyclette, on me refusa l'avance de salaire que je sollicitais et je dus chercher ailleurs. Le prince s'en allait le surlendemain. J'avais songé à taper Savarin pour détruire du même coup la légende de mon opulence, mais nous avions eu, peu de temps auparavant, une altercation vive à propos de Jean-Jacques Rousseau. Il s'était étonné que mes élèves, qui étaient aussi les siens pour la Morale et le Civisme, ignorassent le mouvement des idées au XVIIIe siècle :

– A les entendre, on dirait que la Liberté, l'Égalité, la Fraternité, sont des denrées diverses et que l'enseigne s'en est épanouie sur certains bâtiments comme Beurre-Œufs-Fromage, au fronton des crémeries. Enfin, par quels chemins comptez-vous les conduire à l'apothéose des Droits de l'Homme, sinon par les avenues sublimes de l'Encyclopédie?

J'aurais pu lui répondre que cela ne le regardait pas, que chacun était libre de faire la révolution comme il l'entendait et qu'au demeurant, je n'envisageais pas la nécessité d'un bouleversement dans la France de 1780. Depuis la fin de la guerre de Cent un Ans, jamais le pays n'avait connu une ère de prospérité aussi considérable. Et sans doute n'en connaîtrait-il jamais plus. Le royaume s'étendait de Gibraltar aux Karpates, le roi distribuait des électorats et des grands-duchés comme des Légions d'honneur, les Kirghizes lisaient Fénelon en sanglotant. C'est à peine si, d'une année sur l'autre, un conquérant mongol, ou hongrois, ou japonais, doué d'une puissance mystérieuse et d'une cruauté raffinée, rompait l'engourdissement où s'endormaient les armes. On lui dépêchait d'urgence un superbe héros occidental, à mine de Super-Man en jabot, dont les exploits faisaient rêver les enfants et pâmer les mères. L'Histoire se réduisait alors aux aventures de Tarzan contre Fu-Man-Chu, le reste du temps nous le passions à jouer nos colonies au poker avec les Anglais et on se serait cru dans un roman de Somerset Maugham. A l'intérieur, Louis XV, qui contrairement à son grand-père, avait des ministres de quatre-vingt-dix ans et des maîtresses de dix-huit, venait d'instituer la retraite des vieux travailleurs pour les premiers, l'aide aux mères et les allocations familiales pour les secondes. Que demandait le peuple? Savarin s'impatientait visiblement. Je lui avais répondu à dessein :

– Par quel chemin? Par l' « économique », bien sûr, l' « économique » seul.

Le mot magique l'avait cloué. Il l'avait laissé frémir et retentir jusqu'en ses fibres les plus profondes, puis, agitant ses mains comme des marionnettes, il avait dit :

– Ça ne vous ressemble guère, mais c'est bien, c'est très bien.

On n'est pas plus aimable.

Il valait mieux écarter Savarin de mes affaires et ne pas le mêler à mon « économique » à moi. La situation était compromise. Je n'avais plus le temps de recourir à des voies ordinaires pour assurer mon gagne-prince. Jamais je n'avais autant regretté de n'avoir pas pris rang dans ces circuits fructueux, où la fortune courait sous les tables comme au jeu du furet. Dès leur âge le plus tendre, des garçons de ma génération y avaient excellé. Mais ils avaient les mains si occupées que nous n'avions plus le goût de nous étreindre. De quelque côté que je me tournasse, je ne connaissais que des pauvres.

Je songeai à négocier le Rubens, puisqu'il était faux, à l'engager tout au moins. C'était une pensée folle qui me permit d'évaluer mon désarroi. J'appris ainsi que je n'hésiterais pas à mettre la maison à sac si l'on me séparait de nouveau d'Albertina. La révélation m'en fit rougir.

Le désordre procède souvent par logique. Fuyant Sophie, dont la tranquillité humble insultait à ma fièvre, je retardais le moment de rentrer chez moi. J'allais à Saint-Germain-des-Prés, ou sur les boulevards. Je ramassais les épingles sur le trottoir dans l'espoir qu'un banquier en Cadillac ferait mon avenir sur-le-champ, ou qu'une Américaine éternelle m'offrirait une cigarette et l'étui avec, en diamants. Je me donnais l'air tantôt probe, tantôt vicieux, toujours triste. Je rêvais de vendre mes livres, ma seule richesse. La bonne aventure avait des couleurs d'incendie. C'est derrière la vitrine d'un libraire que j'aperçus l'abbé Vincenot.

Pouvait-on dire une « librairie », et pouvait-on dire l' « abbé »? Le local, tendu d'acajou, ménageait des recoins faiblement éclairés où des individus lisaient par petites tables, en sirotant des boissons que leur versait le bibliothécaire. Dans un angle, sous des étagères croulant de livres, M. Vincenot, barman des âmes, combinait les brochures et les prospectus. Il avait troqué sa soutane pour un blouson à carreaux écossais et s'était taillé les cheveux en brosse. Une lueur d'intelligence s'alluma quand je m'accoudai à son comptoir. Nous enchaînâmes sans effort. Il nous prépara deux Martini et parut réfléchir.

– Quel livre vais-je vous servir?

– Rien du tout. J'ai assez lu comme ça.

– La consommation est obligatoire, dit-il fermement, en glissant sous mon coude une *Cosmogonie shintoïste*. Puis, sans que je l'en eusse prié, il m'expliqua, qu'en accord avec ses supérieurs, il faisait une manière de stage dans le siècle, qui correspondait à certaines de ses inquiétudes.

– Je dirais bien une retraite, si je n'avais précisément le sentiment d'être à l'avant-garde.

Il s'interrompait de temps en temps pour s'entretenir sur le mode grave avec des garçons, consumés de métaphysique et d'inanition, qui l'appelaient Edmond.

Il me revint que la veuve souhaitait le voir, mais je présumai qu'elle n'en tirerait pas grand-chose sous ses nouveaux habits. Je me trompais. Il protesta que tout ce qui concernait cette maison le passionnait. Je lui suggérai de téléphoner d'abord à cette dame, du nom de Cornavin, comme nous l'apprîmes dans l'annuaire par déduction. Il voulut le faire dans l'instant et je constatai avec soulagement qu'il avait conservé sa voix « en soutane ».

– Elle nous demande de venir pour l'apéritif, souffla-t-il. Je finis mon service à six heures et demie.

Sept heures, ça vous va? J'ai ma bécane, je vous prendrai sur mon porte-bagages.

Un peu plus tard, tandis que nous longions le mur d'un couvent d'où s'élevait l'angélus, l'abbé Vincenot me dit :

– Voyez-vous, c'est à cette heure-ci que ça m'est le plus pénible. Dans la journée le commerce admirable des personnes m'occupe. Mais à la tombée du soir je me sens désœuvré de Dieu.

Il ajouta sombrement :

– Il faudrait que je trouve un emploi dans une cave ou dans une boîte de nuit.

La concierge, intriguée par ce grand gaillard à l'allure sportive, à la toison blanche et drue, nous interpella :

– Où allez-vous?

– Mme Cornavin.

– Au quatrième, fit-elle.

Puis elle feignit de me découvrir et dit :

– Ah! pardon.

Je rappelai à M. Vincenot l'invitation de la vicomtesse. Il n'en parut pas agacé, au contraire, et promit d'aller la voir en descendant, car il avait gardé de l'état ecclésiastique le privilège d'une certaine innocence qui l'autorisait à sonner au moment des repas. Il me dit qu'il se sentait très proche de cette femme et que, sans déterminer à proprement parler son retour au monde civil pressenti depuis plusieurs mois, sa visite chez les d'Anreymond lui avait facilité le passage.

– Ces gens ont su élargir leur conscience intérieure, dit-il. Ils sont animés d'une soif de synthèse où l'on retrouve la vivacité d'élan des brahmanes, des parsis et des premiers chrétiens.

Je compris qu'il était par-dessus le marché vaguement jaloux du mage Aristos et je m'affligeai de le voir filer un aussi mauvais coton.

Je ne fus pas le seul. Après nous avoir fait attendre quelques minutes, Mme veuve Cornavin, coiffée d'un turban d'intérieur en lamé dans les teintes chaudron, ne chercha pas à réprimer un cri de stupéfaction.

– Voilà M. le curé qui est passé prêtre-ouvrier!

De fait, l'abbé avait dépouillé une préciosité assez tranchante au profit d'une virilité plutôt brouillonne. Il avait gagné en carrure et en fébrilité ce qu'il avait perdu en certitude et en noblesse. Son rêve eût été de mener paître des chantiers de jeunesse sur les tapis de la vicomtesse d'Anreymond.

La veuve se multiplia, chassa quelques poussières qui séjournaient encore sur deux chaises de cuir, nous les offrit, avança un fauteuil à oreilles devant la tablette d'un petit secrétaire, s'assit, déboucha une carafe de malaga ambré, dosa trois verres appartenant à un service de six, et dit :

– Ouf!

Chacun de ses mouvements, la moindre de ses attitudes semblaient remettre une machine en marche. Ses grâces se firent moins hagardes. Un charme désuet tempéra la vulgarité majestueuse de ses traits.

– Mon mari est mort en 1929, nous dit-elle. C'était Cornavin le minotier. Je l'avais connu quand il était étudiant à Lyon. J'étais bien loin d'être une dame. Je n'ai pas toujours porté des chapeaux. Je ne suis jamais beaucoup sortie. Maurice venait nous voir une fois par semaine, le mercredi, parce qu'il n'avait pas de cours le lendemain.

Il était beau, il payait à boire à tout le monde. Les autres prétendaient qu'il était amoureux de moi...

Ici, elle minauda, flamba l'espace d'un éclair au madrigal retrouvé.

– Je ne voulais pas les entendre. Mais il ne s'est plus contenté de venir le mercredi. On l'a vu le mardi, puis le samedi, puis le dimanche soir. Nous l'appelions Cornavin-le-Terrible. J'étais un peu inquiète pour ses études et sa santé. Heureusement, Maurice fut bientôt appelé à prendre la succession de son père et quitta Lyon pour Meaux, d'où il transporta une partie de ses bureaux à Paris. Il s'arrangea pour m'y faire muter.

– Muter? fit l'abbé que ce récit ennuyait.

– Muter, oui, dit la veuve, près de la Trinité. Vous voyez que je ne vous cache rien. J'aperçus la Seine qui ne ressemble pas au Rhône, mais mon image sur un fond de laque orientale, dans les glaces de la chambre où je passais mes journées, n'avait pas changé et j'eus l'impression de n'avoir pas voyagé. Les chambres sont toutes pareilles, monsieur l'abbé. Vous ne pouvez pas savoir! Maurice perdit sa femme à la guerre, car il s'était marié entre-temps, et, en 19, il me proposa de m'épouser. Je sais me tenir. Je refusai pendant cinq ans...

– Abrégeons, chère madame, dit l'abbé Vincenot, qui trouvait que cette biographie manquait de garçons fraîchement tondus, de méditations en profondeur et d'air pur.

Donc, un matin qu'elle se sentait vierge, Geneviève était devenue Mme Cornavin. Elle avait quitté en jupe courte la rue de Provence, où elle était arrivée douze ans plus tôt en jupe longue, et avait contracté la passion des chapeaux, où elle assouvissait une revanche inconsciente de demoiselle trop longtemps en cheveux. Paresseuse, elle ne sortait guère que pour acheter des tissus, des pailles, des cerises artificielles, des oiseaux minéralisés, et pour aller à l'église où elle avait son banc d'essai.

– C'est là que je voulais en venir, monsieur l'abbé. Je n'ai pour ainsi dire jamais mis le nez dehors. J'ai vieilli cloîtrée et solitaire. Les églises, et ce n'est pas un péché, car j'y avais aussi le souci de mon salut, m'étaient comme des maisons de couture : Poiret à la Madeleine, Lanvin à Saint-Philippe-du-Roule, Patou à Saint-Honoré d'Eylau, Chanel à Saint-Pierre de Chaillot, Antoine et Cléopâtre à Saint-François-Xavier, Claude et Nelly à Notre-Dame de Courcelles... J'allais partout. Je vis toutes les collections. Je devins très pieuse.

– Allez à la messe et vous croirez, déclara l'abbé. C'est Pascal qui l'a dit.

– Maurice, en mourant, me laissa un peu plus de cent mille francs de rente. C'était coquet à l'époque. C'était trop pour mes besoins modestes. Je ne connaissais pas la valeur de l'argent, ayant toujours été, sauf votre respect, défrayée de tout par les messieurs. Je voulus, à mon tour, lui faire un cadeau. Qu'est-ce qu'on peut offrir à un mort? Je cherchai quelque chose qui dure...

– Qui lui fasse l'Éternité, suggérai-je, en soupirant, à l'intention de l'abbé Vincenot impassible.

– Tout juste, reprit la veuve, et c'est pourquoi je convertis en messes le tiers de mon capital. Entre les diverses paroisses où j'avais fréquenté et les congrégations africaines, j'en eus bientôt trouvé l'emploi.

Elle prit dans un tiroir une grande enveloppe, en sortit des papiers.

— Ici, dit-elle, je n'ai que la liste des cérémonies métropolitaines; aux Missions, j'ai versé une somme forfaitaire. Voyons... Saint-Pierre-du-Gros-Caillou : messe avec *libera* pour le repos de Maurice Cornavin, chaque mercredi jusqu'en l'an 2929... Saint-Thomas-d'Aquin, Sainte-Clotilde, Saint-François-de-Sales... Messes de bout-de-l'an chantées, avec diacre et sous-diacre...

— Tout cela m'a l'air d'un excellent placement, coupa l'abbé. La messe ne se déprécie pas, si j'ose dire, ou plutôt ses vertus efficaces.

— Vous pouvez même affirmer qu'elle augmente en valeur! s'exclama la veuve, penchée en avant. Je suis allée, l'autre jour, à Sainte-Rita-de-Jouvance conduire ma pauvre vieille bonne et j'ai désiré lui faire dire un petit quelque chose pour le 15 de ce mois. Vous ne savez pas combien on m'a demandé?... Deux cents francs!

— Eh bien, mon enfant, c'est un tarif modéré.

— Oui, mais les messes de Maurice, je les avais payées trois francs.

— Et alors?

— Alors, je suis archi-millionnaire, dit-elle. A condition de les revendre. Je vous abandonnerai ce que vous voudrez, mais vendez, vendez...

— Vous vous égarez, murmura l'abbé.

— C'est la vie qui s'égare, répondit-elle. Si vous croyez que je peux me débrouiller avec ce qui me revient au début du mois. L'État ne s'occupe pas de la rente.

— Qu'est-ce que vous feriez de tout cet argent? demanda l'abbé. Il est bien employé.

— Je le placerais... Je le replacerais en messes, si vous voulez, une partie...

– Je ne pense pas que l'Église admette les messes au porteur et je ne vois guère le moyen d'effectuer le transfert d'intention que vous réclamez.

– De plus, il me vient souvent à l'esprit que j'encombre les autels, poursuivit la veuve, pensez-y. Et pour qui? Pour Maurice. Il n'avait pas que des qualités, je vous assure. Réfléchissons : ou bien Maurice était un fripon et il n'y a pas de raison pour que je me saigne aux quatre veines... ou bien c'était un être admirable et il est sûrement au ciel, depuis le temps...

– Sait-on jamais? fit l'abbé.

– En ce cas, je prierai moi-même, insista Mme Cornavin, en jetant un regard autour d'elle. Maintenant je suis habituée à me passer des autres.

M. Vincenot se leva, laissa craquer longuement ses articulations, arpenta la pièce en silence. La veuve, aplatie dans son fauteuil, le suivait d'un œil timide.

– Il y a quelques semaines encore, déclara-t-il enfin, votre proposition m'aurait été intolérable. Aujourd'hui, où je suis interdit dans ce diocèse, jamais le giron de Dieu ne m'est apparu plus accueillant. Je sais que toutes les contradictions s'y résolvent, que les extrêmes y fusionnent, et qu'il couvre l'absurdité apparente du monde, sans compter les absurdités réelles de ses créatures. J'en vois beaucoup... Vos messes? Le clergé, plus démuni qu'on ne pense, ne saurait vous les reprendre. Mais moi, dans le bar où je travaille, peut-être pourrai-je les caser à des touristes qui n'auraient pas l'idée de s'en préoccuper ailleurs. Il y a chez l'homme qui abuse de la boisson une aspiration au rachat que nous devons encourager. C'est pourquoi il se vend tant de bibles à Montmartre et à Montparnasse.

Je fus atterré par ce discours. La planète me fuyait sous les pieds. La démence de cette époque à laquelle je prêtais jusqu'ici quelque séduction désespérée, avait force de loi. Je n'aime pas que la monstruosité présente ses lettres de créance.

– Donnez-moi vos papiers, dit l'abbé. Vous aviez parlé d'un petit pourcentage sur l'opération. Je l'accepte volontiers, car je ne suis pas sûr que vous commettiez là une action louable. Je le joindrai au pécule que je destine à mon grand projet qui est d'ouvrir une maison de repos pour les jeunes philosophes, à Saint-Nom-la-Bretèche.

– Vous êtes une providence, murmura la veuve.

– Je suis celui que je suis, je donne ce que j'ai, je fais ce que je peux, répliqua l'abbé, d'une voix extrêmement caverneuse.

Et, grisé par ces formules, il faillit nous les développer. Je m'arrangeai pour clore l'entretien. La veuve me remercia et dit à mon compagnon :

– Nous sommes gens de revue.

Je souffrais énormément. Mon malaise s'accrut, sur le palier, quand je m'aperçus que j'avais déjà secrètement décidé d'emprunter de l'argent à Vincenot. Au moment de nous séparer, je le retins par la manche et débitai ma demande tout à trac, en l'appelant : « Mon père » par inadvertance. Je le revis dans un flamboiement de vitrail esquisser un sourire plein de sérénité – décidément les escaliers lui convenaient.

– Certainement, dit-il. Le plus étrange est que j'ai prêté ce matin même une somme identique à un poète homosexuel et voleur. Il m'a promis de me la rendre sous trois mois. Je sais qu'il est homme de parole. Vous aussi, sans aucun doute. Passez donc demain au *Reader Corner,* avant six heures et demie.

Poète... homosexuel... voleur... j'étais sérieusement étalonné. S'il avait voulu me faire comprendre qu'il y avait une place de mauvais larron à prendre, l'abbé ne se serait pas arrangé autrement.

Sophie sous la lampe, c'était réconfortant. Elle avait peint avec acharnement des chevaux de bois qu'elle n'achèverait jamais. Elle portait un sarrau de toile écrue qui en avait vu de toutes les couleurs. Elle avait déjà dîné, sur un coin de table, dans des vapeurs de benzine, une mèche dans l'œil, un livre sur les genoux. Je mangeai dans son assiette, je bus dans son verre. Je ne connus pas davantage ses pensées. Peut-être buvait-elle au robinet?

Parce qu'elle s'était cognée à un bahut Renaissance, dans l'obscurité du couloir, elle joua à me prédire sa mort prochaine :

– Un bahut d'époque, tu comprends ce que ça signifie?

– Non.

– Il a été tripoté par des seigneurs avec leurs sales mains.

– Espérons-le pour celui-là.

– C'est bien ce que je disais, conclut-elle, en me montrant une petite égratignure : j'ai attrapé le mal de Naples.

Elle rougit, comme chaque fois qu'elle faisait une allusion à l'amour. Je détournai la tête. Quel âge avions-nous? L'impression qu'elle me guettait, qu'elle attendait quelque chose, un geste, réveilla mon irritation. Je me rappelai ce camarade serbe... des partisans l'avaient obligé à s'étendre sur sa sœur... Ainsi Sophie et moi, nous avait-on éduqués pendant cinq ans dans l'observance d'une tendresse chaste pour nous pousser ensuite subitement l'un sur l'autre, comme des chiens dont on dénoue la laisse. Le contrordre était sans doute venu trop tard. Cette organisation de l'inceste me décontenançait.

La qualité d'amour que j'éprouvais pour Sophie requiert des preuves concertées. Ce n'était pas dans les sentiments que je manquais de suite, c'était dans les idées.

Pour la première fois depuis ma métamorphose, la joie de vivre retomba comme un soufflé. J'en voulus à ma femme de ce qu'elle accumulât tant d'innocence au moment où j'allais la tromper. Était-ce même la tromper que de retrouver Albertina dans une autre dimension de l'existence? Sophie demeurait liée à un système auquel je voulais échapper, mais je l'aimais. Je n'étais pas certain d'aimer Albertina, mais elle était l'ange du désordre.

– Très haute, très puissante, très honorée princesse Albertina d'Arunsberg-Giessen a téléphoné, dit Sophie, pour nous prévenir qu'elle ne prendrait pas ses repas chez nous, comme il était convenu. Elle a trouvé, paraît-il, une combinaison qui lui épargnera de nous déranger. Son oncle part demain soir. Il compte que tu lui porteras ce que tu lui as promis. Ce n'est pas de l'argent, au moins?

– Non, non, c'est le catalogue de la Manufacture d'armes de Saint-Étienne, pour l'équipement agricole, répondis-je distraitement.

Je sentais monter en moi une allégresse tortueuse :

Albertina avait décidé de ne pas venir à la maison. Elle voulait se préserver des tentations de l'amitié, de la contagion de notre torpeur, se réserver. Là où Sophie, si elle avait eu le moindre soupçon, s'en fût trouvée allégée, je déchiffrai au contraire une promesse tacite.

La complicité venait de changer de camp.

CHAPITRE VII

L'adultère en rase campagne convient aux cœurs simples. Il ne fortifie pas ceux dont la passion, ou le plaisir, se rehausse des ruses qu'il leur faut déployer pour l'assouvir. De même qu'il y a de la jouissance dans le danger, il existe un bonheur du stratagème. Les rendez-vous qui ont un parfum d'embuscade, les exodes furtifs, les baisers interrompus, entretiennent les sentiments.

Je n'aurais pas pu passer huit jours avec Albertina dans une auberge de forêt. J'en connaissais pourtant plusieurs dont certains de mes camarades m'avaient vanté les mérites et la discrétion. Elles manquaient trop d'inconfort. Je ne pouvais mériter Albertina que dans la difficulté. L'exercice de la vigilance et de l'angoisse m'épargnait d'avoir mauvaise conscience. Il est beaucoup pardonné aux réprouvés.

Loin de se consumer de soi-même en une bonne flambée, notre amour me devint une occupation journalière, technique et tactique, un second métier. Pas tout à fait celui dont mon beau-père avait rêvé. Par là, je m'y attachai avec zèle et il finit par dévorer toute ma vie sans que j'y prisse garde. En vérité, je n'avais rien souhaité d'autre.

Les amants sont des urbanistes, ils retracent des routes, réveillent des itinéraires oubliés, rendent la vue aux hôtels borgnes. Ils sont architectes et construisent une ville à l'intérieur d'une autre. Ils sont diplomates et annexent des provinces sur un simple sourire. Et leurs pouvoirs tiennent du magicien, car ils ont les mains vides. Albertina et moi qui, dans les premiers temps, figurions assez bien des mariés de plein vent, sous la communauté de biens réduite aux nuages, en vînmes à lier notre aventure à tant de paysages et de visages nouveaux que nous ne sûmes bientôt plus de quel côté de la frontière était l'exil. Les amants partent de rien, mais ils sont bons marcheurs.

Les amants naissent libres et égaux en droits. C'est même l'avantage le plus flagrant de leur état. Mais il est rare que cela dure. La partie qu'ils mènent exige un état de grâce, la moindre erreur s'y paie double. La seule faiblesse d'Albertina était qu'elle m'aimât sans partage, la mienne était que j'ignorasse pourquoi elle m'aimait. Ainsi faisions-nous, en quelque sorte, jeu égal et marchions du même pas.

Nous nous étions retrouvés sur le quai de la gare où s'embarquait le prince d'Arunsberg. Les départs rapprochent ceux qui restent. Le train de Francfort était encore en vue quand je lui pris le bras. Elle ne se déroba pas. Si je l'avais ramenée d'Allemagne après la guerre, nous aurions descendu ces mêmes escaliers, pensai-je, en l'entraînant vers une banquette de café. Notre première banquette, avant beaucoup d'autres, notre premier serveur, notre premier vermouth – car j'eus, sur-le-champ, le désir d'élire un breuvage auquel nous nous tiendrions désormais; j'avais suffisamment peu pratiqué celui-là pour bercer l'illusion que je l'inventais. Mais Albertina eut le bénéfice de la première parole :

– Je voudrais connaître votre mère, me dit-elle.

Et je compris que c'était elle qui me faisait la cour.

Nous passâmes la matinée du lendemain sur les bords de la Seine, protégés par la haute muraille des quais. La lumière perçait à jour Notre-Dame, estampillait l'auréole de Sainte-Geneviève, allumait un brasier intermittent sous l'arche d'un pont. Nous marchâmes.

Comme le soleil, le fleuve prend sa source à l'est. Traversée de part en part, Paris est une ville orientée. Selon l'usage des grandes capitales, elle se développe vers l'ouest, elle suit le courant. Si bien qu'à longer les berges, depuis les faubourgs de Charenton jusqu'aux lointains luxueux d'Auteuil, il semble qu'on retrouve les étapes idéales de l'ascension d'un *self made man* parisien. Mais ceux qui longent les berges ne font pas carrière. Ce sont les clochards. Ils dorment à la renverse, la tête sur un moellon, dans l'ombre d'une grue. Les amants, non plus, ne font pas carrière et ils voudraient bien s'étendre également. Ils n'osent pas.

Par instants, un remorqueur, tendu au bout de son câble, tire vers la mer, ou vers quel canal? un train silencieux de péniches. Lourds chalands ou flûtes minces, le pêcheur épelle en son mutisme leurs noms de jeunes filles et les maudit. Les amants craintifs passent sur la pointe des pieds pour ne déranger personne.

Le pêcheur est un paralytique de bonne volonté. Aux fenêtres aveugles des immeubles de l'île Saint-

Louis il réplique par une immobilité absolue. Ce qu'il prend? Il prend son temps. Il sait que Paris s'appelait autrefois Lutèce. Il a du répondant. Les amants n'ont pas de répondant. Les ponts sont coupés derrière eux. Le pêcheur les croit si timides qu'il leur demande :

– Alors, ça mord?

Le nôtre avait pêché un poisson. Il nous convoqua pour que nous l'admirions et nous nous penchâmes sur lui. Albertina lui dit que nous lui portions bonheur. Il répondit que ça n'était pas impossible, nous sourit par-dessus son épaule, et devint notre premier ami.

Les amants ont besoin d'amis.

Plus encore que la crainte des mauvaises rencontres la volonté de me dépayser guida, dans les jours qui suivirent, le choix de nos promenades, de nos retraites, de nos abris. Nous désertâmes les quartiers du centre, les voies triomphales, moins par peur d'y croiser Sophie ou quelque parent, que pour mettre en commun la découverte d'une contrée vierge, y fixer les jalons de nos étapes, la rebaptiser selon notre calendrier. Par une pente, où le défi, la nostalgie et une certaine attirance honteuse avaient leur part, j'axai notre émigration vers Plaisir-Jouvance.

Un amour nouveau ne fait jamais que substituer un ensemble de rites à un autre. Nous fûmes bientôt en mesure de dresser la topographie légendaire de notre aventure et son répertoire. Nous possédâmes un hôtel peint en bleu, un bistrot où les pommes de terre chips craquaient plus qu'ailleurs, le cinquième banc d'un square. Nous connûmes une ogresse rousse, un barman sombre, une marchande des quatre-saisons, le chat qu'on pouvait caresser et celui qui vous griffait. Notre univers se peuplait dans le même temps qu'il se créait. Nous sentions la nécessité de recruter autour de nous une société inconnue, de nous faire adopter, de nous écouter vivre par la bouche des autres. Nous prêtions à ces témoins des vertus ou des vices exemplaires. Nous ne les abordions qu'à date fixe, à l'issue d'un cérémonial convenu. Nous les chérissions comme des fétiches. Ils se trouvèrent associés aux anniversaires en miniature que nous célébrions d'une semaine sur l'autre.

Le côté frauduleux et sordide de nos pérégrinations échappait à Albertina. Cette princesse trouvait les allées Faustin-Manière provinciales, la rue Jobard pittoresque, l'usine Haedrich pathétique, dont nous apercevions parfois les cheminées d'une de nos chambres. Elle s'amusait du papier des murs et ne rougissait pas de saluer dans les escaliers un couple plus désemparé que le nôtre. Son aisance me confondait. De toutes nos hôtesses, l'ogresse était sa préférée parce qu'elle avait été la première. La caverne où elle nous accueillait fleurait le chlore et je m'y sentais l'âme lourde. La dernière soirée que nous y fûmes, elle s'en expliqua avec Albertina. J'entendis qu'elle lui disait :

– Moi, madame, je ne mets pas de camphre dans les draps parce que ça rabat l'homme.

Pour mon châtiment, Albertina l'en félicita.

Néanmoins, ces outrages étaient de peu de prix au regard de nos joies. Il arrivait un moment où les choses, les arbres, les êtres ne s'ordonnaient plus que pour nos fêtes, comme s'ils eussent vécu deux fois. Nous les déroutions de leur usage ou de leur signification primitifs pour en faire les instruments et les objets de notre culte. Partout où elle s'inscrit, la passion humaine engendre de menus paganismes. Peut-on s'aimer sans léser Dieu? Nous aimions-nous en lui? Nous allions chercher la réponse dans chaque église que nous rencontrions, où notre solitude se soulageait à mettre ce Tiers majuscule dans de pareilles confidences. J'en ressortais avec la conviction de n'offusquer Dieu qu'en ne lui faisant pas assez confiance.

Vers la même époque, je devins si beau que les prostituées n'osaient plus m'accoster quand je passais, à la nuit, sous le viaduc du métro pour rentrer chez moi.

Sophie semblait ne pas s'apercevoir de mes absences. Moi-même, je cessai progressivement d'estimer à sa juste mesure le vide que je laissais dans une existence où j'avais conscience de tenir peu de place. Les sacrifices que je consentais pour m'arracher à Albertina me donnaient l'illusion que j'accordais encore la meilleure part à cette maison où je me contentais de revenir dormir, abruti par un chagrin équivoque où se mêlaient soudain autant de remords que de regrets.

A partir d'une certaine heure, Sophie me flairait à distance, hésitait une seconde, puis me disait :

– Tu sens le vin.

Je lui savais gré de brouiller les cartes, mais ma détresse s'en augmentait.

– Qu'est-ce que tu as? insistait-elle, sur le ton d'une sollicitude polie.

Maussade, je répondais :
– Je n'ai rien; je suis fatigué.
– Pas contre moi, j'espère? demandait Sophie. Car elle pesait les mots avec des balances à elle.

Sophie n'avait jamais eu la curiosité de venir voir le cours François-Mocqueur. Albertina m'accompagnait presque jusqu'à la porte. J'en étais un peu gêné. Elle s'était toujours beaucoup intéressée à mon travail. Ça devait dater de l'Allemagne. Lorsqu'il pleuvait, j'avais peur qu'elle ne m'apportât un parapluie, ou des caoutchoucs, à la sortie de l'école.

Cet après-midi-là, il faisait beau. Nous avions déjeuné dans un restaurant de chauffeurs. L'ennui d'avoir dû raconter des mensonges à Sophie s'était dissipé pendant le trajet. Albertina était en retard. Je ne détestais pas cela. J'avais fait des parties de billard électrique avec un garçon de mon âge. C'est un divertissement solitaire où les amoureux sont imbattables, à Paris : ils passent leur vie dans les cafés – où voulez-vous qu'ils aillent? – et ils attendent si longtemps. Les jours où les amours sont difficiles, le destin les rembourse en leur accordant des parties gratuites; mais ce ne sont pas celles qu'ils souhaiteraient. Mon compagnon l'avait emporté avec une maîtrise rare. Il devait être plus amoureux que moi.

Après le repas, nous étions revenus par la rue de l'Énergie où j'avais aperçu quelques-uns de mes élèves. Je les désignai à Albertina qui m'interrogea longuement sur chacun d'eux, m'obligeant à accuser ou à compléter certains portraits, par un penchant spontané à se familiariser avec autrui. Je n'en eus que plus de satisfaction à me retrouver parmi eux dans l'heure qui suivit. Il me sembla que la classe tout entière était passée avec armes et bagages du bon côté de notre barricade, où elle apportait au désordre la caution d'innocence de trente bonnes bouilles d'écoliers.

Quittant ma chaire, je m'étais promené à travers les rangs, m'asseyant d'une fesse tantôt sur le pupitre de Bloch, tantôt sur celui de Minier, qui éloignaient prestement leurs cahiers et leurs plumiers, à la fois confus et ravis comme des barons de province chez qui le souverain eût choisi de s'arrêter pour la nuit. Je leur parlais les mains dans les poches et ils admiraient mon savoir. Depuis belle lurette, ils ne chahutaient plus.

– La coutume, disais-je, s'était instaurée sans qu'on sût exactement pourquoi de danser aux carrefours, certains jours de l'année. Louis XVI et Marie-Antoinette n'étaient pas les derniers à donner l'exemple. Le bon peuple les imitait. Ces soirs-là, d'ailleurs, on eût dit que les barrières entre les conditions tombaient d'elles-mêmes. Les charretiers se hasardaient à inviter les marquises, les duchesses aguichaient les forgerons ou les sapeurs de la garde suisse, qui leur ouvraient leurs cantonnements ornés de guirlandes de lampions. Personne n'y trouvait à redire. Cela tenait sans doute à ce que les anniversaires d'une longue suite ininterrompue de victoires tombaient vers ces époques, les maréchaux choisissant de faire la guerre au seuil de l'été pour ne pas gâter leurs rubans, les soldats d'en finir avant le mois d'août pour pouvoir partir en vacances. Il faut compter aussi, naturellement, avec la proximité des distributions de prix, la lassitude heureuse qui succède à un dernier trimestre bien rempli et une certaine allégresse dont l'air se charge au mois de juillet. Telles furent les causes profondes de la Révolution française.

« La cause immédiate fut qu'en 1789, il plut à verse pour le 14 juillet. Un peuple moins réfléchi que le peuple français n'en eût pas profité pour s'interroger sur les raisons obscures qui le poussaient depuis si longtemps à danser à cette date. Un siècle de lumières nous avait heureusement incités à chercher à voir clair en nous-mêmes. Les danseurs et les buveurs, dont les meilleurs s'étaient malgré tout rassemblés dans la salle du Jeu de Paume pour marquer le coup, regardaient tomber la pluie et trompaient leur impatience des violons en s'abîmant dans d'interminables méditations. Un sentiment, assez répandu dans le pays, leur dictait qu'ils avaient quelque chose à faire ce jour-là. Mais les contours en demeuraient vagues et ils ne savaient pas au juste quoi. Vers l'heure de l'apéritif, profitant d'une petite éclaircie, un jeune feuilletonniste du nom de Camille Desmoulins grimpa sur une table, résolu coûte que coûte à sauver la soirée : “ Si nous ne fêtons pas le 14 juillet aujourd'hui, ce n'est pas demain qu'il faudra s'y mettre. Moi, je travaille, demain, je dois me lever tôt. Passe encore de ne pas danser, mais on peut toujours aller prendre quelque chose... ” Les autres, qui ne cherchaient qu'un prétexte pour ne pas rentrer chez eux, souscrirent au projet de ce célibataire. Après avoir hésité entre le Palais-Royal, où les galeries vous maintenaient les pieds au sec, et le Châtelet, où foisonnaient des merveilleuses avant la lettre, on sait qu'ils se décidèrent finalement pour la Bastille, la majorité habitant dans les environs. »

Les enfants semblaient joyeux à l'évocation de cette farce si lourde de conséquences. Je ne voulus pas gâcher leur enchantement par la mort du roi, qui s'expliquait mal en dehors d'un mouvement d'humeur de ces foules versatiles : elles vous coiffent d'une toque de boulanger la veille pour vous guillotiner le lendemain. Je laissai néanmoins incarcérer au Temple ce malheureux monarque avec sa famille, le tableau en était trop célèbre, mais...

– Qui peut me dire quel était le passe-temps favori de Louis XVI ?

– La serrurerie, m'sieur! lança Minier, à l'étonnement général.

Je suis finaliste. Je crois que rien n'arrive pour rien : le roi eut tôt fait de s'évader à l'aide de fausses clés et on le remplaça par un sosie pour satisfaire les instincts des poissardes. Ainsi pour le dauphin. Ils gagnèrent Londres d'où Louis XVI devait revenir quelques années plus tard, considérablement engraissé, sous le nom de Louis XVIII, qu'il s'était donné dans la Résistance. Les rois n'ont pas le loisir d'une grande variété dans le choix d'un pseudonyme.

Une vive compréhension se peignait sur les traits des élèves au déroulement de ces péripéties. Pour les en remercier, je leur racontai que la Terreur n'avait pas épargné la bourgeoisie, ni les artisans des faubourgs, et qu'eux-mêmes possédaient certainement des ancêtres décapités sur l'échafaud. Ils convinrent que ça leur manquait. Pourquoi susciter des jalousies quand on peut faire plaisir à peu de frais?

Ensuite, je m'attardai dans la langueur d'une fin de siècle, car j'avais simplement oublié d'annexer la Corse en 1768, si bien que Bonaparte ne pouvait être qu'un général italien, allié des Autrichiens, ce qui risquait d'introduire un peu de confusion au pont d'Arçole et dans la bataille de Rivoli. Je jetai un coup d'œil vers la fenêtre. Était-ce un caprice de la saison? Il me sembla que Napoléon n'était pas près de percer sous Bonaparte. Après tout, on ne s'en trouvait pas plus mal, puisqu'il ne nous restait guère de territoires à conquérir. Sauf évidemment la Corse. Mais c'était peut-être beaucoup lui demander.

Cette leçon m'avait mis à mon tour en humeur de danser; à moins que ce ne fût la fin du mois d'avril, qui garnissait mon sac. Albertina ne m'avait pas attendu sur un banc, en tricotant, mais elle était quand même là, lorsque je sortis par la petite porte de l'avenue de Suffren, accompagné de Savarin. Albertina, que son premier mouvement avait portée vers moi, se contint à quelque distance, et me mit, par le fait, dans l'obligation de répondre à l'interrogatoire de mon collègue.

– Félicitations, mon cher. Dactylographe?

– Non, princesse. Princesse allemande.

– Tout ce que j'exècre, fit-il. Présentez-moi donc.

Albertina l'entortilla si complètement qu'il voulut nous offrir un verre. Au cinquième, il nous avoua que la Morale et le Civisme commençaient à lui peser. Je ne m'étonnais plus, quant à moi, de voir notre jardin secret déborder peu à peu dans le domaine public.

– Danser, dit Albertina dans le taxi, c'est bien le jour, car mon oncle va bientôt revenir. Toutefois, est-ce que cela nous ressemble vraiment?

Je dus convenir que cela n'était pas dans mes habitudes mais qu'un amour qui ne danse pas n'est pas un véritable amour et je téléphonai à Sophie qui était déjà couchée.

– Il y a de l'électricité dans l'air, déclara Albertina, lorsque je sortis de la cabine.

Je sursautai. Elle soulignait seulement le néon qui courait au faîte des façades. Comme nous le souhaitions depuis longtemps, nous assistions enfin au lever du soleil et nous étions ensemble. C'était, il est vrai, le soleil de minuit.

Le Rodéo où nous nous rendîmes était situé dans une rue latérale, près de Montparnasse. Des voitures interminables stationnaient devant la boîte, de lourds rideaux bouchaient l'entrée, laissant filtrer une musique syncopée. Nous piétinâmes un instant derrière cette barrière. Le geste d'un chasseur galonné, écartant les draperies, m'ouvrit la porte du toril. Je fonçai dans l'arène avec un aveuglement sauvage, cherchant d'instinct la place en pleine lumière, au cœur du bruit. La salle biscornue et enfumée, saturée de vapeurs capiteuses, s'amorçait par un court boyau et s'épanouissait en une rotonde spacieuse. A gauche, en entrant, le bar avec ses hauts tabourets, ses petits drapeaux, ses verres monstrueux. Au fond, la piste de danse, entourée de tables basses. Toutes étaient occupées. Quand je me retournai, pour reprendre mon souffle, mesurer mes distances, encourager Albertina, il était déjà trop tard pour rebrousser chemin : le bossu, notre bossu de la maison, coiffé d'un cotillon en papier, nous barrait le passage. Juché contre le comptoir, solidement arrimé pour ainsi dire au grand mât de ce vaisseau nocturne, il menait un sabbat infernal, interpellant les clients, fourrageant dans le corsage des filles, maniant des confetti diaboliques.

– Il y a de la place au bar, nous dit le maître d'hôtel.

– Au bar? Jamais!

Coincés pour coincés, il ne nous restait plus qu'à danser. Ce que nous fîmes, avec un classicisme indigent dont je ne me consolai qu'en m'imaginant qu'on nous prenait, à notre maladresse compassée, pour des souverains en goguette. Il y a quand même des pas sur lesquels on aimerait bien revenir.

L'aube nous libéra, meurtris, exténués, mécontents de nous-mêmes. Mon avenue à marée basse où tintinnabulaient les dernières poubelles, m'apparut sous un jour tragique. Sophie avait les yeux ouverts. Elle se cacha la figure dans ses draps quand elle aperçut mon masque. Puis, sans colère, comme pour réveiller une cendre qui nous eût été commune, elle dit :

– Papa et maman sont arrivés hier soir.

Alors j'éprouvai un grand soulagement. Ce n'était plus Sophie que je trompais, c'était toute la famille. Elle pouvait se défendre. Elle se défendit. Je n'eus pas conscience qu'en cette minute j'avais rejeté Sophie dans son clan.

Le secret qu'un homme porte en lui, son visage le trahit-il? Je passai la matinée à glisser d'une pièce dans une autre pour éviter mes beaux-parents.

Je me repérais uniquement au son, les hautes clameurs de Sacha de Novilis contribuant à me guider. Lorsqu'il se tut, je ne tardai pas à déboucher sur lui : nous avions tous les deux les joues couvertes de savon à barbe et quêtions de l'eau chaude, nos petits pots à la main. Cette circonstance, qui expliquait son mutisme et m'ôtait le souci d'avoir à composer mes traits, nous rapprocha et nous échangeâmes quelques bulles de bienvenue, nos bretelles dans le dos. Cette prise de contact, strictement silencieuse — dans l'impossibilité où nous nous trouvions d'articuler respectivement « beau-papa » et « Sébastien » avec deux centimètres de mousse sur les lèvres — dissipa légèrement le malaise qui m'étreignait depuis quelques heures. Les bouleversements domestiques, que nos commensaux ne manquaient jamais d'introduire à chacun de leurs passages, me semblaient ce jour-là accuser la rupture entre ce monde où j'étais encore un figurant par mon corps et celui que je contenais tout entier dans mon esprit. Une redistribution du mobilier et des éclairages, un déballage d'instruments insolites, l'institution d'un horaire rigoureux, des senteurs nouvelles, achevaient de brouiller mes pistes. Le pain lui-même avait un autre goût. Mais l'entrevue de la salle de bains me rasséréna : il devait sûrement exister quelque part une solidarité supérieure entre deux hommes en maillot de corps appelés par le destin à trinquer du rasoir.

L'étonnement ne me rattrapa qu'en rentrant dans notre chambre.

— Voilà que ton père se rase, maintenant? demandai-je à Sophie.

C'étaient les premiers mots que j'osais lui adresser depuis mon retour. Je les jugeai propres à créer une diversion.

– Imagine-toi que papa est pubère, dit-elle, et que maman lui laisse assez d'argent pour s'acheter des lames.

– Mais sa barbe, sa belle barbe?

– Il a décidé de la supprimer. C'est de ta faute. Si tu n'étais pas rentré si tard cette nuit, il l'aurait encore.

– Ils se sont aperçus que je n'étais pas là. Qu'est-ce que tu as raconté?

– Que tu travaillais, répondit-elle. Mais je l'ai dit en pleurant.

– Alors?

– Alors, papa a tapé du pied, puis il s'est exclamé : « Demain, je lui parlerai à visage découvert... » Enfin, ce n'est pas tout à fait ça; il a dit, exactement, qu'il allait couper sa barbe et qu'il espérait que tu comprendrais. Je crois qu'il désire avoir une conversation avec toi.

A ce moment, on frappa à la porte, et ma belle-mère, tirant une échelle double, effectua son apparition.

– Je viens faire les vitres, dit-elle.

– Écoute, Dorothée, laisse ça, ordonna sa fille.

La figure de Dorothée de Novilis, sous des cheveux blonds tressés en lourdes torsades, était d'une amazone rêveuse et exprimait un ennui énigmatique et distingué. Mais la charpente était flamande, appelée irrésistiblement vers des travaux de force. Elle abattait la besogne d'un tank d'appartement avec la véhémence primesautière d'une dame qui viendrait de renvoyer ses bonnes par caprice et enrôlait volontiers des volontaires. Son despotisme s'habillait de douceur et de résignation. Aux repas, à l'heure du thé, en ville, elle consentait pourtant à redevenir la femme de sa figure. Et, comme elle ne manquait ni de charme ni de bonté, ses amies déploraient qu'elle ne se consacrât pas exclusivement aux disciplines mondaines, plus conformes à sa naissance et à sa condition.

– Bonjour, Sébastien, fit-elle, en m'embrassant avec des hans de bûcheron, tu as bien mauvaise mine. Il faudrait te retaper un peu. J'espère au moins que ce nouveau travail commence à rendre. As-tu vu beau-papa?

– Ah! Il est sorti du cabinet de toilette, s'exclama Sophie, comment est-il?

– Désorienté. Il traîne devant les glaces en se caressant le menton. Il parle tout seul.

– Pourquoi a-t-il fait ça? dis-je, c'est trop dommage.

Ma belle-mère, qui s'était assise entre nous deux sur le divan, son chiffon à la main, esquissa un sourire d'ironie :

– L'âge critique, murmura-t-elle.

Puis, elle prétexta de cinquante kilos de bois à monter de la cave, d'un dressoir à descendre du sixième et de quelques corvées de pluches pour nous abandonner en plantant là son échelle.

J'appréhendai le déjeuner et je sortis deux fois dans la rue avec la tentation de ne pas revenir. Sophie me rassurait de son mieux.

– Il est tellement timide qu'il va peut-être ne rien te dire du tout.

A midi, je me trouvai face à face avec un homme jeune encore, à l'allure svelte et racée, où j'eus quelque surprise à reconnaître Sacha de Novilis.

Deux fossettes imprévues mettaient sa bouche entre parenthèses ; son menton imberbe, crispé par une moue imperceptible où se marquaient une tendresse incertaine et un peu d'amertume surmontée, rendait plus vertigineuse la pente fuyante d'un front encadré d'ailes grises. L'ensemble me parut assez friable.

– Comment allez-vous ? me jeta-t-il, sur un ton chaleureux et évasif, en tournant autour de la table.

Je ne pouvais me détacher de ce visage juvénile et pourtant flétri, de cette silhouette impérieuse et pourtant voûtée, de cette démarche assurée et pourtant empêtrée dans le remous de sa propre stupeur.

– Et voilà ! soupira-t-il. Plus de barbe, plus de beau-papa... J'avais déjà du mal à me faire respecter de Dorothée et de ma fille... Seigneur, qu'est-ce que ça va être maintenant !

Les femmes – nos femmes – entraient en procession, portant les plats. Nous nous assîmes comme des seigneurs et nous acharnâmes, dans un silence inhabituel, sur des mets austères. Cette corvée expédiée, mon beau-père qui parlait de tout avec une grande élégance et ne dédaignait pas le trait d'humour, se lança dans un réquisitoire satirique contre la recherche scientifique, les pouvoirs publics, l'incompétence des opticiens irlandais, le prix de la vie, la versatilité des comètes, la popularité dont jouissait la Lune. Trop longtemps contenue, sa verve se promenait de long en large, emplissait le salon où nous nous étions installés pour le café. Soudain, avec un craquement épouvantable, le fauteuil doré où il s'était carré se déroba sous lui.

Dorothée et Sophie ne purent refréner un clair éclat de rire. Moi, je ne trouvai pas cela tellement drôle, au prix du virage que cet incident allait imprimer à l'ébullition permanente de mon beau-père. Si encore il s'était étalé la barbe haute! Mais je me sentais assez proche de cet adulte déconcerté.

– C'est trop fort, hurla-t-il, vous avez cassé le fauteuil du chancelier Séguier. Il n'en existait que trois dans le monde : un à New York, l'autre à Berchtesgaden, et on peut croire qu'il a disparu, et le troisième ici. Vous m'entendez?... Ici!

– Calme-toi, mon ami, lui dit sa femme. Jusqu'à nouvel ordre, ces enfants n'y sont pour rien.

– C'est toujours la même chose. Ils usent les objets jusqu'à la corde et ensuite, il suffit de les toucher pour qu'ils s'en aillent par morceaux. Hein! ces porcelaines, qui me dit qu'elles ne sont pas recollées de l'intérieur? Et ce chiffonnier, qu'est-ce qui va lui arriver, si je pose seulement cette tasse dessus? C'est très simple, je suis obligé de retenir mon souffle en traversant les pièces.

Il brandissait un pied délicatement ouvragé.

– On pourrait peut-être en profiter pour raviver la tapisserie du dossier, suggéra ma belle-mère.

Sacha la foudroya.

– Parfaitement, dit-il, je vais le faire restaurer entièrement et Sophie paiera la moitié des frais. Mon cher, je suis navré, mais si vous avez maintenant une situation de complément, vous devez consacrer une partie de votre budget à notre intérieur commun.

– Enfin, répliqua Sophie, il n'y a aucune raison pour que nous payions la moitié de la réparation. Nous n'avons pas pu contribuer à le détériorer pour moitié puisqu'il date du XVIIe siècle et que nous ne sommes là que depuis cinq ans. Au demeurant, nous l'utilisons fort peu.

– Vous, ou les gens qui entrent ici la nuit comme le jour et campent dans nos draps... Vous êtes res-pon-sables!

– C'est juste, dit Dorothée. Tu conçois comme ça peut être agréable pour ton père de ne plus retrouver ses embauchoirs ou de découvrir un exemplaire de *Paris-Luxure* entre les pages des *Mathématiques* de Bernoulli.

– Vous faites sans doute allusion au prince d'Arunsberg? demanda Sophie.

– Tiens! Qu'est-ce qu'il devient celui-là? fit Sacha d'une voix rogue.

Mais déjà l'orage s'écartait, absorbé par l'intérêt attendri et à peine goguenard que mon beau-père vouait aux *royalties*.

Nous lui racontâmes notre pèlerinage à Jouvance derrière le convoi d'Élina et il s'en amusa, encore que l'épisode lui semblât témoigner d'un peu de légèreté. Nous nous trouvions subitement à notre aise. Il faisait calme, avec dans l'atmosphère cette agilité que l'esprit délié de Sacha imprimait aux propos. Je me rapatriais d'instant en instant. C'est alors que Sophie gâcha cette trêve en voulant la parfaire.

– A part cela, dit-elle, rien de neuf, sinon que Sébastien n'a pas signé le traité de Westphalie. Je ne sais pas ce qu'est devenue cette histoire-là.

Mon beau-père manqua s'étrangler et se dressa, très pâle.

– C'est le couronnement, bredouilla-t-il. Mes félicitations. Et moi qui me suis rasé par délicatesse pour vous. Pour vous mettre à votre aise. Pour ne pas faire peser les accessoires du beau-père dans l'entretien très sérieux que je comptais avoir avec vous, ce soir, touchant l'organisation de votre foyer... Qu'est-ce que j'apprends? Que vous n'avez pas signé le traité de Westphalie! On ne peut donc absolument pas compter sur vous...

– Il n'a peut-être pas eu le temps, dit Dorothée. Regarde sa pauvre mine. Ce garçon-là est surmené.

– Surmené! ricana Sacha, en prenant le Ciel à témoin. Écoutez, je ne vois pas la nécessité de différer plus longtemps notre conversation, car là, vous avez passé les bornes. Si vous disposez d'un moment, je prierai Dorothée et Sophie de nous laisser tranquilles.

Les femmes – nos femmes – s'éclipsèrent, à la fois inquiètes, sceptiques et amusées. Elles étaient un peu persuadées de l'inanité de ces parlotes. Sacha demeura un temps silencieux. Son visage, perdu au loin, reflétait l'intelligence qu'il appliquait à l'univers des choses, des notions et des abstractions, mais où le commerce des personnes semblait déclencher une espèce de panique. Face aux êtres humains, tantôt son regard s'égarait au-delà de la présence, tantôt il n'atteignait pas même l'extrémité de ses bottines. La vérité est que son œil accommodait mal à moins d'un millier d'années-lumière. Enfin, il parla, doucement et sourdement.

– J'ai décidé, ce matin, de supprimer ma barbe pour que vous preniez davantage confiance en moi. C'est un fait. Entre le vieillard encore vert que vous connaissiez et l'homme inquiet et vulnérable que vous avez maintenant devant vous, j'ai pensé que vos préférences s'attacheraient au second, qu'il vous apparaîtrait plus fraternel. J'ai consenti ce lourd sacrifice, qui peut bouleverser ma vie et me fermer, en tout cas, certains observatoires, pour sauver la vôtre. Elle m'intéresse pour elle-même et dans la mesure où celle de ma petite Sophie s'y trouve liée. Hier, il m'eût été impossible de vous déclarer : « J'ai été jeune moi aussi, je vous parle en ami. » Vous ne m'auriez pas cru. Aujourd'hui j'ai recouvré sous les traits de ma jeunesse, bien décatie c'est entendu, le droit d'invoquer l'amitié sur ce que j'ai à vous dire. Peut-être comprendrez-vous, à me considérer sous ce jour nouveau, à déchiffrer cette figure de soixante ans, qu'il faut étouffer beaucoup de jeunes hommes en soi pour atteindre à la respectabilité, à l'ordre, à la discipline, qui constituent le fondement de la société familiale.

Il décroisa ses jambes, tandis que j'allumais une cigarette.

– Comme vous, poursuivit-il, j'ai souhaité souvent de respirer. On respire toujours à ses frais, croyez-moi. Je n'ai pas été sans remarquer que votre ménage périclitait. Qu'avez-vous fait pour pallier cette chute vertigineuse? Rien. Vous avez poursuivi de nombreux rêves, à moins que vous ne vous soyez laissé poursuivre par eux. Cette demi-misère dans laquelle vous vivez, cette misère dorée par le soleil plus que déclinant de mes ancêtres et de mes revenus, ne saurait convenir à ma fille. Elle ne s'en plaint pas, mais je l'ai surprise en train de pleurer à côté de votre oreiller vacant. Ne tirez ombrage, ni blessure, de ce que je vais avancer : il me semble, mon cher, que vous ne la rendez pas heureuse, que vous ne vous êtes jamais avisé de ce que sa tournure appelât l'agrément. Non! Vous avez transformé mon appartement en hôtel meublé, où vous avez, soit dit en passant, adhéré à un projet de brûleur auquel je ne souscris pas du tout, vous vous absentez le soir et vous ne rapportez pas d'argent. D'ailleurs, je ne pense pas qu'on puisse gagner honnêtement sa vie après la tombée de la nuit, sauf en astronomie, cela va de soi.

Il me regarda allumer une nouvelle cigarette.

– Voilà où passe votre maigre pécule, en fumée... Moi j'ai cessé quand je suis parti pour le régiment. Car j'ai payé un tribut plus lourd que le vôtre à l'oisiveté militaire. J'ai remplacé le tabac par les gâteaux, à Toul, où j'avais ma garnison. Chaque soir après l'appel, cependant que mes camarades se dissipaient je ne sais comment, un fiacre que j'avais arrêté une fois pour toutes à cette heure-là, montait me chercher à la citadelle pour me conduire à la pâtisserie. Je remontais ensuite, sous les vivats, avec quelques livres de truffes en chocolat dans les fontes de l'attelage. Je ne dirai pas que c'était la belle époque. J'y ai acquis, surtout dans la guerre qui s'ensuivit, plus de droits que vous à chercher dans l'Histoire des alibis et des prétextes à ma désinvolture. J'aurais pu me complaire à suivre ces chemins de la liberté à tout prix que vous affectionnez. J'en ai eu la tentation. Je l'ai repoussée.

Il fit le tour du salon, lorgna le lustre auquel il manquait quatre ampoules, le Rubens présumé faux, les rideaux tachés d'encre.

– Beaucoup de choses, malgré tout, se sont effondrées sous moi, sans parler de ce fauteuil. Je cite en vrac : la rente, la planète à laquelle j'espérais attacher mon nom, l'ambition de me perpétuer dans un fils, celle de voir la beauté de ma fille parée selon son mérite. Mais je dois avouer qu'en ne signant pas le traité de Westphalie, vous venez de me porter un coup fatal. Cette fois, c'est directement aux principes que vous vous attaquez.

Sans qu'on pût le prévoir, l'entretien changea brutalement de vitesse. Mon beau-père se mit à précipiter son débit, se rua vers un trumeau et martela ses joues entre ses poings fermés.

– Et là, poursuivit-il, je regrette ma barbe. Ah! oui, je la regrette. Puisque vous n'entendez pas d'autre langage que celui de la coercition, je vous somme de me répondre : que comptez-vous faire? Pour ma part, j'en ai assez, assez...

J'avais plusieurs fois tenté d'intervenir dans ce long monologue, qui se réduisait à une interrogation désespérée. Mais Sacha semblait moins se soucier de la réponse que de l'occasion offerte de dresser le bilan de son anxiété. Élevé dans le confort d'une adolescence fastueuse, deux guerres, quelques crises économiques, avaient contraint ce dilettante du ciel à passer professionnel. Il supportait mal cette destinée de transition. Sa question me prit de court, bien qu'il la laissât flotter entre nous et se fût détourné vers la fenêtre.

– Sophie et moi, commençai-je, nous sommes connus très jeunes...

– Je sais, coupa-t-il. Je me reproche même assez souvent mon indulgence et mon aveuglement. Vous n'êtes pas sans savoir que plusieurs membres de notre famille blâmaient formellement cette union. Mais les circonstances étaient là, qui nous ont tous fait perdre un peu la tête. Ce n'est pourtant pas une raison pour commettre de propos délibéré cet attentat inqualifiable contre un monument capital de l'Histoire. Songez-vous à vos élèves? Vous les isolez de leurs racines, vous les transplantez d'une civilisation dans une autre.

– Si celle-ci vous convient, dis-je...

– Oui et non, répondit-il. Je ne puis, bien sûr, en accepter tous les avatars, mais d'un autre côté, elle doit tellement à notre famille et moi-même je lui dois tant, qu'elle demeure quand même la nôtre. Son climat m'imprègne et m'oblige. C'est elle qui entretient cette aisance commune entre les peuples, grâce à laquelle je me sens chez moi jusqu'en mes plus lointains déplacements. Et le malheur veut que mon propre gendre retire sous mes pas la pierre angulaire de l'édifice européen!

– N'exagérons rien, la portée réelle de Westphalie est fort contestée par des auteurs comme Michelet.

– Je me moque de Michelet, dit Sacha. Ce qui m'importe, c'est la signification de ce traité où la politique internationale s'affranchit de la tutelle de la papauté. Si vous n'êtes pas sensible à cette éclosion, dans la Chrétienté, d'un nouveau droit des gens dont le principe ne soit plus la similitude de cultes religieux, mais l'indépendance des États, soumis seulement les uns envers les autres aux lois générales de l'humanité, je ne vois guère ce que vous faites parmi nous qui plaçons au-dessus de tout le souci de l'équilibre occidental. J'ignore sous quelles calembredaines vous avez pu masquer votre carence, mais je me doute par avance qu'il n'y a pas de quoi être fier. Le résultat le plus immédiat est qu'on va vous mettre à la porte et c'est encore Sophie qui en pâtira.

– Sophie n'en pâtira pas, lui dis-je, parce que je vous la rends.

– Plaît-il?

– Je vous la rends, avec tout le bonheur de son âge devant elle. Sans doute ne lui ai-je pas donné autant de joie que j'aurais pu, mais je l'ai préservée. Elle sait que la vie est difficile et parfois triste, mais elle croit que les cantons de la mélancolie se limitent à notre chambre à coucher et que le monde est beau de l'autre côté de la rue. Elle se trouve donc, en quelque sorte, intacte. Certes, elle n'est pas beaucoup sortie, mais je ne suis pas sûr qu'elle aurait apprécié les divertissements que nous propose le siècle. Elle n'y a pas manqué grand-chose. Ce qu'il y a de meilleur, je le lui ai amené à domicile. Ce sont les amis.

Sacha de Novilis avait quitté toute colère. Il respirait l'étonnement et, plus profondément, une vague sympathie.

– Vous ne l'aimez donc plus? demanda-t-il.

– Si, lui dis-je.

– Alors, c'est trop facile. Enfin, qu'est-ce qui vous a pris?

– Je ne sais pas. C'est plus fort que moi. Quelque chose comme la claustrophobie, peut-être.

– Votre amertume m'afflige. La lucidité, à plus forte raison quand elle chausse des lunettes noires, n'est pas une vertu de départ. Je me morigène depuis quelques minutes de vous avoir parlé si sévèrement. Il est de mon rôle, dans ces moments-là, de hausser un peu le ton. Un beau-père est un personnage de composition. Venez donc me voir dans ma loge après le spectacle, je vous dirai que je ne suis pas hostile à certaines boutades dans l'exercice de la profession, à condition qu'elles ne soient pas stériles. C'est ce qui me gêne un peu dans la vôtre...

Regardez, chez nous, en astronomie, nous passons notre temps à inventer, de purs poètes tous ces savants! Voyez Le Verrier. Il lui manque une planète, il l'espère de toutes ses forces, il l'appelle à coups de logarithmes et de cotangentes : quelques années plus tard, la planète est là. Évidemment, ça ne réussit pas à tous les coups. J'en sais quelque chose. Mais vous, dès l'origine, vous n'avez aucune chance, sinon d'entamer un patrimoine dont je ne puis, malgré mon bon vouloir, vous concéder la disposition exclusive. L'Histoire de France appartient à tous les Français. A ce sujet, qu'avez-vous fait des Trois-Évêchés?

– Je les tiens à votre disposition.

– Mais vous n'avez encore signé aucun acte qui les attache définitivement à la France?

– Non.

– Vous admettrez que j'en sois consterné. Si Metz, Toul et Verdun ne nous reviennent pas d'une façon ou d'une autre, comment voulez-vous que j'aie fait mon service militaire? Je n'ai tout de même pas porté l'uniforme étranger, cela vous ne me le ferez pas accepter. Alors, au moins Toul, j'y tiens absolument. Faites le nécessaire. Et puis, pour notre prochain passage, mettez-vous en règle. Dieu sait si je suis prêt à vous aider de toutes les manières!

– En ce qui concerne Sophie, débutai-je...

– Ah! oui, Sophie. Eh bien, je pense que vous devriez faire un enfant. Je sais bien que ça n'est pas facile... je veux dire à élever. Mais cela vous fixerait.

Par un détour étrange, les yeux de mon beau-père s'arrêtaient maintenant droit sur les miens et ils semblaient me situer à ma juste place. Sacha sourit.

– Il ne doit pas être impossible de concilier la fantaisie individuelle avec les exigences élémentaires d'une société collective. Mais ces possibilités impliquent des pouvoirs, qui supposent à leur tour de l'autorité et du sérieux. Maintenant que je vous ai dit ce que j'avais à vous dire, je ne vois pas ce qui me retient de laisser repousser ma barbe. Je n'aurai fait qu'une brève escale, les tentations qui s'offrent à un menton glabre sont trop périlleuses. Je vous conseille de m'imiter. Commencez par un petit bouc, je vous guiderai.

Je pus m'échapper vers la fin de l'après-midi pour retrouver Albertina. Elle avait passé sa journée à dormir pour réparer les fatigues de la nuit et je lui en voulus un peu de ce que mes tourments lui fussent incommunicables. Notre promenade me parut sombre. Je me montrais injuste et j'en souffrais.

– Sébastien, je trouble un peu ton existence, me dit-elle.

– Tu la troubles encore davantage quand tu n'es pas là, lui répondis-je. Le seul fait de savoir que tu existes quelque part me chavire et m'enchante.

– Nous pourrions nous marier, ça simplifierait tout, si tu n'es pas heureux comme ça.

Ici, aussi, il était vain de chercher à s'expliquer. Albertina ne pourrait pas comprendre que le dernier refuge de ma liberté était entre les deux roues de la meule, dans cette marge où, pris entre deux devoirs conjugaux de sens contraires, je m'en déliais en trahissant l'un pour l'autre, l'autre pour l'un.

– Nous allons nous rencontrer moins, dit-elle. Mon oncle revient. Je ne pourrai probablement plus sortir après le dîner. Et voilà que les jours rallongent. Peut-être ne nous reverrons-nous jamais plus dans le noir.

Son baiser eut un parfum d'adieu et je la suivis longtemps, haute parmi la foule.

Quand je rentrai, les Novilis étaient déjà à table, Sacha distrait, Dorothée affairée, Sophie mal à l'aise. Quelqu'un avait glissé un petit paquet sous ma serviette. Je feignis la confusion et interrogeai chacun du regard.

– Ne cherche pas, dit ma belle-mère, c'est moi qui t'ai acheté ça. Tu me faisais vraiment trop pitié et j'en ai entendu raconter le plus grand bien.

Je déballai précautionneusement mon cadeau. C'était un coffret de vingt ampoules de « Minotauron », qui jouissait à l'époque d'une renommée de panacée dans les affections mentales. Je m'extasiai sans retenue sur tant de sollicitude, car ce présent ne recelait aucune perfidie. Désireux de l'étrenner sans plus attendre, je consultai la notice. Je lus :

Le « Minotauron » est le résultat des travaux expérimentaux et cliniques poursuivis pendant dix ans par le professeur Papazoff, tant au laboratoire de l'institut Romanet qu'aux abattoirs de la Villette. Il est essentiellement composé de cerveau total de taureau fraîchement abattu (0,05) et de testicularsénate disodique de bélier (0,01).

Le « Minotauron Papazoff » est particulièrement utilisé à titre : a) *Préventif,* b) *Curatif : chez les prématurés et les nourrissons débiles, dans certains cas d'oligophrénie et de marasme idéatique. Il est en outre recommandé aux enfants présentant un léger retard scolaire.*

Je m'abandonnai un instant à rêver.

– Voyons, dépêche-toi de manger, fit ma belle-mère. Est-ce que tu travailles ce soir? Je ne sais plus, je n'y comprends rien.

– Oh! la barbe! dit Sophie.

– Quoi, la barbe? demanda rageusement mon beau-père en reprenant pied sur la terre.

CHAPITRE VIII

Depuis une huitaine de jours, chaque matin en me levant, j'allais dans la salle de bains voir si ma tête ne s'était pas transformée pendant la nuit. L'absorption massive de cervelle de jeune taureau fraîchement abattu, sans me faire pousser exactement des cornes, m'occasionnait une impression désagréable de pesanteur et de vacuité. Je craignais que mon crâne n'enflât à la manière du fils de Minos et de Pasiphaé. Ce jour-là, j'étais particulièrement anxieux, car je devais mettre un chapeau.

En partant, mes beaux-parents m'avaient laissé, en gage de réconciliation, de nombreuses instructions concernant les loisirs du prince. Celui-ci, dont les négociations étaient sur le point d'aboutir, se répandait en mondanités et comme il ne pouvait pratiquement quitter l'hôtel où il avait du crédit, mélangeait pêle-mêle dans ses réceptions l'eau avec le feu, les ambassadeurs et les diamantaires, les cousins titrés et les saute-ruisseau. Profitant d'une matinée fériée, je devais aller le prendre, à l'issue d'une cérémonie consacrant la signature du protocole préliminaire entre Arunsberg et le gouvernement, pour le conduire à la Roseraie de Bagatelle. Nous n'étions qu'au 8 mai; cette promenade m'apparaissait un peu prématurée; mais le temps nous pressait, et, à part l'exposition de la Galerie Charpentmann ouverte à *Un demi-siècle de peinture aphasique,* il n'y avait pas grand-chose à voir.

J'empruntai un Eden à bords roulés appartenant à mon beau-père, montai un col dur sur une sorte de chemise de nuit qui s'y prêtait, décrochai une canne dans l'entrée pour faire rire Albertina et m'éclipsai en prenant soin que Sophie ne m'aperçût pas. Si nous avions eu vraiment une vieille bonne, elle m'aurait dit : « Vous êtes beau comme un petit mylord! »

J'arrivai dans les salons à la fin des discours et parvins à happer une coupe de champagne pour me mettre dans le ton. Je croisai des députés qui étaient devenus généraux depuis la guerre, et des généraux qui étaient devenus députés par la même occasion. Par extraordinaire, tous étaient en uniforme. En sortant, pour rejoindre le prince et Albertina qui accompagnaient leurs derniers hôtes jusqu'au seuil du hall, je m'aperçus que je n'avais plus assez d'argent pour me permettre de reprendre mon chapeau et ma canne que j'avais déposés au vestiaire. Quand l'ultime képi se fut envolé, ils restèrent là, tout seuls, et je dus m'éloigner le cœur gros. La cervelle de taureau, prise de court en cette occurrence peu familière, n'avait pas su me dicter les paroles simples qui eussent, à n'en pas douter, fléchi la dame.

Le prince et Albertina m'attendaient sur le trottoir. Je remarquai chez la jeune fille un abandon qui constrastait avec le raffinement de sa toilette. Je l'imputai au printemps qui s'était résolument installé.

– Ah! l'air de Paris, l'incomparable charme! soupira le prince.

Albertina me décocha une petite grimace et, à la faveur d'un encombrement, me pressa les doigts au coin de la rue de la Paix. Nous souhaitâmes monter dans un taxi, mais il n'y en avait pas de libre, à l'exception d'un seul, obstinément tourné vers Reuilly où il avait son port d'attache, et qui fit la sourde oreille à notre itinéraire. Nous guettâmes l'autobus. Il nous déçut à plusieurs reprises.

– Marchons, proposa le prince. Il me semble que j'entends de la musique.

– De la musique, monseigneur, bredouillai-je. Quelle étrange hallucination!

– Non, dit Albertina, j'ai entendu, moi aussi.

– C'est une coïncidence, avançai-je, ou un présage.

– Il ne peut pas y avoir de bons présages, dit-elle, en baissant les yeux.

Cette déclaration, sans me troubler beaucoup, m'occupa une partie du chemin, et je faillis laisser le prince tomber sur un escadron de la 3e D.B. qui stationnait dans la rue Royale. Je le poussai précipitamment dans une voie de traverse. J'imaginais qu'il était délicat d'épargner à ces Allemands le spectacle d'une parade militaire destinée à célébrer une victoire remportée sur leur pays. Comme toutes les entreprises un peu superflues, celle-ci prit une importance croissante et j'en vins à l'élever à la hauteur d'une gageure fondamentale. Le plus pratique eût été, évidemment, de descendre dans le métro. Mais ils s'y refusèrent.

– Pas aujourd'hui, où le ciel est si beau! Pourquoi y a-t-il des drapeaux aux balcons des maisons et sur les véhicules?

– C'est une manifestation sans caractère particulier, un avant-14 Juillet, une répétition générale, si vous voulez. La préfecture préconise de temps en temps cet exercice pour maintenir nos étendards en bon état et leur faire prendre l'air.

– Il est bienvenu, dit le prince.

Cependant, je percevais aux rumeurs qui montaient du côté des Champs-Élysées, au roulement continu des blindés, que les fils du défilé étaient en train de se nouer. Je redoublai de volubilité et ne m'engageai qu'avec circonspection dans des rues de plus en plus étroites, de plus en plus vides, de plus en plus mornes. Je commençais à souffler. J'avais compté sans les avions, qui se mirent à passer au ras des toits dans des stridences affreuses.

– Jolie promenade! soupira Albertina. N'y a-t-il pas d'autres routes pour aller à Bagatelle? Nous aurons bien mérité des roses.

Elle avait l'œil mauvais. Je lui demandai : « Qu'est-ce que tu as? » sans prêter attention à la présence de son oncle. Ses lèvres s'arrondirent en forme de « Chut ». Mais le vieux monsieur ne nous écoutait pas. Le bras tendu vers un lointain carrefour, il s'exclama :

– Au diable les roses! Je crois que j'aperçois des soldats.

– Ne le retiens pas, me dit Albertina. Il nous échappera de toute façon, nous n'avons qu'à le suivre à distance. Je voudrais te parler. Nous ne nous sommes pas énormément vus ces jours-ci. M'évites-tu?

Le prince, qui s'était élancé, prenait de l'avance

et se retournait par moments pour nous intimer d'avoir à nous presser. La rue s'élargissait. Nous heurtions des gens. Nous remontions à la surface.

– Non, mon cœur... mais j'ai tant de soucis.

– Pauvre Sébastien! Il ne nous manquait plus que cela!

Tour à tour disjoints ou réunis par les mouvements d'une foule plus dense, nous débouchâmes sur l'avenue. Un triple rang de badauds s'étirait de la Concorde jusqu'à l'Étoile et acclamait pour l'instant un régiment de zouaves.

– C'est la fête, dit Albertina. Où est mon oncle?

Nous découvrîmes le prince, haut perché sur un banc, où sa silhouette opulente gesticulait à l'adresse des troupes une profession d'amour si délirante que les serre-file se tordaient la gueule dans leurs jugulaires pour en mieux savourer l'hommage.

– *Wunderbar!* répétait-il, *Wunderbar!*

Et son cri se diluait dans ceux du public où il ne laissait pas de trace.

Rassurée, Albertina m'entraîna par la main. Nous vînmes nous asseoir sur le banc, aux pieds du prince, contre ses guêtres claires. Et là, derrière l'écran de la lourde pelisse, tournant le dos à tout le monde, elle me dit :

– Sébastien, je crois que je suis enceinte.

Le prince était si content, il avait si vivement crié, qu'il nous entraîna vers la terrasse d'un café pour revenir au calme. Nous nous installâmes contre la vitre, à côté d'une tablée d'invalides aux visages sereins. C'était midi sur les Champs-Élysées. La circulation commençait à reprendre. Des voitures moelleuses accostaient à l'embarcadère du Fouquet's. Des femmes en descendaient plus charmantes, ou charmeuses, qu'ailleurs. Elles n'avaient que trois pas à faire, combien importants. Le cinéma et le théâtre les attendaient en agitant des chèques comme des mouchoirs. C'était Venise la sèche un jour de festival improvisé. Le prince commanda de la bière, Albertina et moi, après une hésitation imperceptible, deux vermouths.

– Vous m'excuserez, dit le prince, je n'avais pas assisté à une revue depuis 1944, à Charlottenbourg. Ça fait du bien.

Et il sourit en direction des soldats blessés, estima leurs décorations abondantes et ne put s'empêcher de leur témoigner son approbation.

– Beaucoup! fit-il, en hochant la tête.

Les invalides sont liants. Les nôtres se rapprochèrent, un peu interloqués d'abord, puis exaltés timidement par la présence d'Albertina, qui demeurait très belle malgré la catastrophe qu'elle abritait. Sur ma chaise en retrait, j'avais l'air d'un petit frère pâle. Mon faux col me gênait dans le malheur et le fait que je me fusse déguisé pour accueillir la révélation de ma paternité ajoutait à ma dérision.

En face de moi, Albertina déployait du courage et ranimait son regard quand je la regardais. Peut-être y avait-il encore un espoir? Peut-être n'était-elle qu'à moitié enceinte? Je rejetai ce compromis absurde. C'était tout ou rien. Et, après avoir mesuré la joie que nous éprouverions si ça n'était rien, car ma pente profonde m'incitait là encore à la légèreté, je me retrouvai l'instant suivant glacé par l'idée qu'une œuvre tenace s'élaborait quelque part, dont l'objet inexorable était de faire exploser ma vie en mille morceaux. Je ne pouvais plus considérer Albertina du même œil. Elle était le siège d'un mystère. Elle-même s'examinait à la dérobée avec un mélange d'intérêt, de tendresse et de dégoût. Le temps qui s'écoulait prit soudain une importance formidable.

– Bir-Hakeim? demanda le prince, en avançant un doigt vers l'écusson d'un des militaires.

– Oui, fit l'autre, en montrant son pilon de bois.

– Mon fils aussi, dit le prince.

– C'est marrant. Comment s'appelle-t-il? C'est le jeune homme qui est avec vous?

– Il s'appelait Gunther d'Arunsberg. Il est mort.

– Excusez-moi. C'est pas marrant, dit l'autre. Puis, se tournant vers ses copains :

– Le monsieur, son fils était avec nous... A la Légion probablement, hein?

Le prince, qui n'avait pas entendu, acquiesça plusieurs fois du chef, en murmurant :

– Bir-Hakeim... Bir-Hakeim...

Nos voisins respectèrent sa méditation et en appelèrent à une tournée générale pour dissiper ce cafard vénérable.

– Et vous, me demandèrent-ils, où étiez-vous?

– Lui? coupa Albertina, il était trop petit pour faire la guerre.

J'admirai le soin un peu désobligeant qu'elle apportait à me protéger en toutes choses dès qu'elle me sentait menacé ou simplement, comme c'était le cas ici, contrarié de ne pouvoir jouer campagnes sur table avec les autres. Jusque dans son état, elle demeurait tutélaire et maternelle. Grand Dieu! Qu'allais-je penser là? Maternelle! Je touchai du bois. Au même moment, quelqu'un me toucha l'épaule. C'était un individu sans âge qui circulait entre les consommateurs avec une arrogance minable. Il portait une casquette crasseuse réduite aux dimensions d'un béret et un blouson kaki d'outre-tombe. Il vendait, dans une valise entrouverte, des hochets en celluloïd. Il insista, nous mit une sorte de tétine dans les mains.

– Pour la petite dame, ça lui portera bonheur.

Albertina rougit violemment. Nous n'étions pas encore habitués à vivre dans l'allusion. Désormais, chaque mot qu'on nous adresserait se chargerait d'un double sens, chaque événement porterait son signe caché. Le hasard aurait mauvais goût. Il fallait nous attendre à ce que la malice du monde s'acharnât sur nous. Nous étions des blessés sans carte de priorité, sans place réservée, sans pension.

– Si vous permettez, mademoiselle, dit le soldat qui était le plus rapproché, ça nous ferait plaisir à mes camarades et à moi de vous offrir un souvenir.

Ils se penchèrent avec de bonnes têtes, comme s'ils eussent voulu figurer tous sur le cliché qu'Albertina emporterait dans sa mémoire. Ils s'attardèrent à évaluer ce beau brin de fille avec une saine convoitise, imaginant peut-être qu'ils le ramenaient à la ferme paternelle, où leurs vieux parents les félicitaient d'avoir fait choix d'une compagne dont le bassin somptueux appelât la fécondité. C'est alors qu'il me vint pour la première fois à l'esprit et au cœur qu'Albertina attendait réellement un enfant et qu'une partie d'elle-même s'en réjouissait.

Jusque-là, dans l'affolement qui avait succédé à l'aveu de la jeune fille je n'avais guère envisagé que les données négatives du problème. Au tocsin qui résonnait, j'avais mobilisé des forces défensives; il ne m'était venu que des réflexes de parade individuelle : il fallait qu'Albertina ne fût plus enceinte. Et voilà que le drame s'éclairait sous une autre lumière : fallait-il qu'Albertina n'attendît plus notre enfant? Une grande tendresse m'envahit, un bonheur sourd, où la muraille tragique que nous allions devoir gravir trouverait désormais sa contre-partie de douceur et d'intimité. Que souhaitais-je exactement? Mes espérances n'étaient plus formulables.

Le prince se leva, n'opposa qu'une protestation tiède aux mutilés qui prétendaient régler les consommations et nous entraîna vers le soleil.

– Nous devrions nous occuper de retenir nos places dans le train, ma chère Albertina. Nous arriverons à Traufstein en même temps que les cerises. Si le cœur en disait à M. Perrin, nous pourrions le payer de tout ce qu'il a fait pour nous?

Mon cœur ne me disait rien qui vaille. Néanmoins, songeant qu'un beau jour, nul ne saurait me retenir d'aller voir ce que devenait mon enfant, je laissai une porte ouverte.

– Pas tout de suite, monseigneur. Mais, dans quelques mois, ce me sera un grand honneur d'y faire un saut.

Albertina m'eut de la reconnaissance pour cette réponse qui hypothéquait l'avenir et j'en ressentis un pincement. Le déclic d'un piège se refermait. L'ère du libre échange que j'avais si ardemment revendiquée était passée. D'autres liens plus lourds que ceux d'une mythologie amoureuse nous unissaient maintenant. J'entendais même bruire des chaînes. J'eus pitié de nous deux, et de Sophie aussi par association d'idées. La nécessité devant laquelle j'allais me trouver de choisir entre la détresse de ces deux femmes m'accabla. Il m'appartenait bien d'organiser le malheur!

– Moi, dit Albertina, n'étaient certains inconvénients, je serais assez heureuse.

Je la fis pivoter par la taille. Se moquait-elle? Je craignis qu'elle n'excédât les limites de l'abnégation ou qu'elle n'eût, au contraire, une solution impossible à me suggérer. Le prince nous avait laissés sur la place de la Concorde pour courir aux Affaires étrangères s'entendre confirmer que le ministère, où il avait des accointances, n'était pas tombé depuis tout à l'heure, car il nourrissait encore des préjugés d'avant-guerre concernant notre politique. Nous nous tenions sur un refuge. Cette situation nous convenait à merveille, la solitude peuplée n'ayant jamais cessé d'être notre lot. Des automobiles nous frôlaient; des cyclistes moqueurs nous sifflaient aux oreilles; de l'autre côté de la chaussée, un Américain nous photographia. Somme toute, nous conservions notre droit de cité.

– Heureuse, oui, dit-elle, de porter un enfant de toi, un enfant de Paris. Je m'installerais quelque temps dans le chalet, au fond du parc. Frau Baüer lui servirait de gouvernante, Herr Baüer lui apprendrait très jeune à seller les chevaux. Nous en ferions un joli prince.

– Que dirait ton oncle, ta famille?

– Elle commencerait par se fâcher, évidemment. Mais d'abord, ce ne serait pas le premier bâtard de notre maison. Dieu merci! Où en serions-nous sans cela! Notre histoire abonde en mésaventures de ce genre. D'autre part, tu n'es pas sans savoir que chez nous les prérogatives se transmettent par les femmes et que, depuis la mort de Gunther, la branche d'Arunsberg est en voie d'extinction du côté Butzbach. Reste moi, qui suis une Giessen, c'est-à-dire tout ce qu'on fait de mieux, à condition d'assurer une descendance. Pour cela, mon oncle passerait sur énormément de choses. Et puis, sait-on jamais, avec les événements, notre fils pourrait prétendre directement sur Hesse et sur Nassau...

C'était beaucoup pour une seule journée. J'eus envie de protester. Je demandai seulement :

– Est-ce qu'ils ne m'obligeraient pas à t'épouser ?

– Au contraire, soupira Albertina (et ses yeux se rembrunirent). Il faudrait que tu disparaisses, qu'on ne te voie plus du tout.

Ces mœurs, qui me semblaient aller à l'encontre de tout ce que je savais du code social, exprimaient vraisemblablement le désarroi d'une Allemagne, où les filles abandonnées jouissaient d'une haute estime. Néanmoins, je m'étonnai :

– Ne m'as-tu pas raconté que ta cousine Léopoldine de Wissach avait épousé un plombier ? Et toi-même, l'autre jour, ne me proposais-tu pas...

– Ça, c'était avant, répondit-elle. Une princesse peut se mésallier, si bon lui chante. Elle n'a pas le droit de couvrir ses incartades en donnant au prince-prétendant un père dans les affaires, ou même dans l'Histoire et la Géographie. Comprends-tu ?... Comme je suppose que tu ne peux pas divorcer en moins d'un an...

En cet instant, je comprenais surtout qu'on voulait me retirer mon fils – et quel fils ! Et j'en oubliais la fragile embarcation sur laquelle je m'étais engagé avec Sophie.

– Quand l'enfant naîtra, poursuivit Albertina,

on ne manquera pas d'en situer la conception à l'époque de mon séjour à Paris. On feindra d'en attribuer le bénéfice à l'un de ces jeunes gens du Consulat qui me sont vaguement apparentés : Rodolphe von Michaud ou Wolfgang de Kaisermark. Dans notre milieu, les « pères inconnus », on se les montre du doigt.

– Et l'un d'eux finira par si bien endosser cette paternité apocryphe qu'il te conduira au pied de l'autel, lui jetai-je méchamment.

Elle me dévisagea avec tristesse, puis s'effondra contre ma poitrine.

– Non! Non! fit-elle. C'est ça qui est terrible, je ne me marierai pas!... Personne ne voudra de moi... Je ne pourrai jamais plus... Je resterai toute seule dans le château, toute seule... Princesse, c'est déjà trop aujourd'hui... Ils aiment le travail, les rues ardentes, l'aventure... Alors, avec cet enfant!... Oh! Sébastien, enlève-le-moi, enlève-le-moi vite...

Elle sanglotait, en proie à une crise nerveuse, où je sentais se défaire tout ce qui m'avait séduit en elle et qui m'en tenait à la fois très éloigné : une insupportable sérénité, un équilibre prestigieux, un certain exotisme de la race et du cœur. Albertina n'était plus qu'une étrangère, Albertina était des nôtres.

– Calme-toi, ma prochaine, calme-toi, lui disais-je.

– Mais nous pouvons encore partir ensemble, reprit-elle, ou rester ensemble, si tu préfères. Nous irons habiter près de la Porte de Jouvance. Tu arriveras à l'école par l'autre côté. Il n'y aura rien de changé. Dans dix ans, ton fils sera ton élève et vous vous lèverez en même temps.

Je ne répondis pas. Je m'essayai à replacer ce

dernier propos dans la bouche de Sophie où il sonnait avec un bonheur égal : « Il n'y aura rien de changé. Dans dix ans, ton fils sera ton élève et vous vous lèverez en même temps. » Cette symétrie, dont le cours François-Mocqueur était l'axe, reflétait le symbole le plus navrant de mon incertitude.

En somme, il s'agissait de savoir si l'année prochaine, j'entrerais en classe par l'avenue de Suffren ou par l'impasse Joyeuse.

– Quel échec pour Sophie et moi! dis-je.

– Ah! fit-elle. Eh bien, je me retirerai à Arunsberg et l'enfant sera prince. Nous l'appellerons Sébastien, si tu veux bien.

– Ce sera même Sébastien-le-Grand, précisai-je.

– Oui, mon petit, dit-elle.

– Et si c'est une fille?

– Tiens, fit-elle, c'est vrai. Oh! je ne suis pas inquiète, elle trouvera bien le moyen de tomber sur un petit Perrin de la bonne année...

« Deux dévorantes », songeais-je, en pensant à la mère et à la fille, et j'en riais encore lorsque je rentrai chez moi.

Mme d'Anreymond se tenait devant la loge de la concierge, où elle palabrait avec l'aveugle et sa promeneuse. J'entendis qu'elle disait :

– Râmakhrisnâ ne prétend pas, il chante à l'âme...

Elle baissa la voix sur mon passage et ne répondit à mon salut que lorsque j'eus atteint l'escalier. De toute évidence, elle m'avait rayé du cercle des initiés.

– Monsieur Perrin, appela-t-elle, monsieur Perrin!

Je revins docilement sur mes pas.

– Vous nous lâchez, dit-elle. J'ai de gros reproches à vous faire. Pourquoi n'êtes-vous pas venu à ma grande réunion ?

– Mes beaux-parents étaient là. Nous nous voyons rarement. Il m'était difficile de sacrifier une soirée en famille.

– Vous avez tout perdu. Le mage et Vincenot se sont supérieurement entendus. L'abbé, qui d'ailleurs ne l'est plus, a été sublime. Croyez-moi, si vous le voulez, cet homme-là est un saint. Nous sommes prêts à le suivre. Nous allons quitter la maison.

Un regret vague me traversa. Je dis :

– Pour ne plus jamais revenir ?

– Nous cédons notre appartement à ma belle-sœur la vicomtesse de Proecy, son mari travaille dans les assurances, comme le mien. Nous aurons donc toujours un petit pied-à-terre ici pour retrouver nos bons amis.

Elle se rapprocha de l'aveugle, chercha sa main, lui chuchota : « Espoir ! » en pleine figure, ce qui lui attira un sourire de gratitude.

– L'un des plus navrés, dis-je, va être le général. Son bridge ?

– Ah ! Ne nous parlez pas de celui-là. Il joue comme un pied et il a une veine insolente. Il fait le vide autour de lui. Je dois dire que même en Histoire des religions, il n'est pas fameux. Nous l'avons emmené l'autre jour au pique-nique plénier, organisé par Vincenot. Il s'y est montré d'un falot ! Pas une référence, pas une citation, pas la moindre de ces ouvertures fulgurantes où les néophytes se révèlent habités par la flamme. Tant pis pour lui. Pour comble, il est tombé sur une aventurière à cheveux blancs, amenée par je ne sais trop qui, et qui n'avait rien trouvé de mieux que d'apporter un accordéon. Si je vous racontais que cette femme a entrepris de nous faire chanter en chœur après le repas!... Le mage et l'abbé, qui sont la mansuétude même, n'ont pas osé intervenir. Mais enfin, vous m'avouerez que passer de l'exégèse des Upanishads au *Petit vin blanc qu'on boit sous la tonnelle,* c'est un peu raide. Seul, ce nigaud de général semblait trouver ça tout naturel et reprenait au refrain. Je l'aurais tué. Aussi, n'ai-je pas été surprise d'entendre, pendant le retour, que cette créature l'invitait vivement à apprendre la clarinette. S'il croit faire son salut dans cette voie, bon vent!

Je ne me sentais pas tout à fait tranquille : cette joueuse d'accordéon me rappelait singulièrement ma mère, et, dans l'enthousiasme contagieux qu'elle avait déployé à la manifestation ésotérique, je reconnaissais une générosité et une candeur qui lui appartenaient en propre. Quelques années après la mort de mon père, au plus noir de ses chagrins et de ses soucis, elle avait converti à l'optimisme les ressources profondes de courage et de sensibilité qu'elle consacrait jusque-là à survivre. Elle avait résilié le contrat qui la liait à une marchande d'antiquités : « Je n'ai pas d'avenir dans l'antiquité », disait-elle – et s'était décidée à composer des chansons. Elle avait soixante-cinq ans. Blâmera-t-on une époque qui contraint ses vieilles gens à peiner jusqu'à leur dernier souffle? Au regard de ma jeunesse confondue d'ennui, maman se donnait la dure joie de renaître. Elle réveilla ses amies. Elles allèrent au cinéma, au restaurant, au music-hall. Elles se mirent à fumer et à brûler leurs robes. Le jour qu'elle hérita un accordéon, ma mère fut persuadée que la vie commençait.

— Dans dix ans, déclara-t-elle, il faut que cet instrument-là me rapporte de l'argent.

Et elle avait acheté très sérieusement une méthode. Son grand projet de former un orchestre de sexagénaires ne lui était venu qu'un peu plus tard. Elle l'avait baptisé le « Sexa-Jazz » et entrevoyait des tournées triomphales à travers l'Amérique.

Pour le moment, le « Sexa-Jazz » n'en était encore qu'au stade des répétitions. Beaucoup de dames pressenties s'étaient dérobées, surtout lorsqu'il ne resta plus à pourvoir que les postes de trombone et de clarinettiste. La condition draconienne que maman imposait aux participants était qu'ils n'eussent appris à jouer de leur instrument que depuis l'âge de la retraite. Cette clause, destinée à secouer la résignation désœuvrée des vieillards, en décourageait certains, qui n'avaient plus le cœur à se remettre au solfège ou à louer des cymbales.

— Il ne s'agit pas tellement de faire de la musique difficile, précisait-elle. Mais quand on nous verra dans nos habits étincelants, sur une scène de Chicago ou de New York, ce sera pour le monde un exemple stupéfiant de discipline et d'espérance : la preuve allègre qu'il n'est jamais trop tard...

Je n'avais pas aimé la façon dont la vicomtesse d'Anreymond avait parlé de ma mère. Pour l'embarrasser, je lui demandai aussi ironiquement que possible par quel miracle elle avait réussi à trouver un nouvel appartement, laissant entendre par là qu'une mystique bien avisée ne répugnait pas à recourir aux plus basses combines pour satisfaire ses intérêts matériels.

— Nous n'aurons plus d'appartement, me dit-elle.

Nous logerons à Saint-Nom-la-Bretèche, dans la villa communautaire de l'abbé Vincenot, que nous allons construire de nos propres mains. Nous avons calculé : chacun de nous doit fournir cent quarante-quatre heures de travail. C'est un nombre bénéfique. Tenez, regardez dans mon sac à provisions, je viens d'acheter deux truelles, une pour mon mari et une pour moi.

Que pouvais-je opposer à cela? A quelques étages de là, Sophie m'attendait. Elle serait déçue parce que je ne lui rapportais pas des roses de Bagatelle. Elle me demanderait à quoi j'avais occupé ma matinée. Pourrais-je lui répondre que j'avais perdu au Ritz une canne et un chapeau qui ne m'appartenaient pas, et que j'avais donné à la couronne d'Arunsberg un prince de mon sang, qui ne m'appartenait plus.

Les démons qui me poussaient me semblèrent encore moins présentables que ceux de Mme d'Anreymond.

Pour une fois, l'oncle d'Albertina avait vu assez juste : le cabinet tomba le lendemain sans que rien l'eût laissé prévoir. La crise n'en eut que plus de retentissement. Elle dura un mois, pendant lequel le président de la République dut poursuivre ses consultations et le prince d'Arunsberg reprendre les siennes. Là où un simple ministre sans portefeuille eût suffi à apposer la signature qui lui faisait défaut, des ministères sans ministres se le renvoyèrent comme une balle en quête d'un tampon introuvable, quelques bureaucrates allant jusqu'à lui conseiller de se carrer son diadème dans le train.

L'indétermination qui avait présidé à la chute du gouvernement ouvrait le champ à toutes les suppositions. Imaginant que les communistes étaient susceptibles d'entrer dans la composition du prochain cabinet, le prince les convia à ses petits thés de la place Vendôme et leur présenta ses amis. Un mariage, deux conversions de sens opposés et d'interminables procès en déviationnisme sanctionnèrent par la suite cet intermède culturel.

Ce sursis qui nous était accordé, Albertina et moi le vécûmes dans des transes contradictoires. Le syndicat de l'Enseignement tertiaire et paratechnique avait lancé un ordre de grève. Je n'allais plus à l'école, sauf pour y occuper les locaux. Qui donc prétendait à les forcer d'assaut? Je me le demande encore; les élèves, peut-être, dont certains s'octroyaient la revanche suprême de venir contempler, derrière les grilles, leurs professeurs au piquet.

J'avais toute latitude d'épuiser la douceur et l'amertume de ce printemps dont les teintes avaient tourné si vite à l'automne. Le départ d'Albertina demeurait suspendu à la formation du ministère. La discorde entre les partis n'était pas telle que nos heures ne fussent comptées. Et nous n'avions toujours pas arrêté le destin de notre petit prince.

Les jours où Albertina était enceinte se distinguaient de ceux où elle attendait un enfant. Le temps se consumait comme une mèche, courait vers sa fin précise, noire, détestée. Que le terme de cette course épouvantable fût la naissance d'un être humain nous effleurait à peine, sinon pour nous confirmer dans l'isolement où nous rejetait le reste du monde, plus généralement préoccupé par la crainte de la mort. Les horloges aux carrefours, les pendules sur les cheminées, les montres dans le sac des femmes, dans le gousset des hommes, au poignet des jeunes gens, s'étaient mises en marche avec l'embryon de la vie. Comme lui, elles se hâtaient vers un seul dénouement et quelque chose de notre cauchemar passait dans leurs pulsations, dans leurs saccades grotesques. Nous nous enfermions dans des maisons de rendez-vous que je choisissais luxueuses et gaies, je commandais des repas de langoustes et de foie gras auxquels nous touchions à peine, nous ébauchions des caresses que nous n'achevions pas. Le corps d'Albertina m'était devenu un lieu de respect, à la fois sanctuaire et laboratoire. Assis côte à côte, nous nous prenions la tête dans les mains. Chacun sa tête et chacun ses mains. Mais nous bouleversions le lit, avant de nous en aller, par respect humain.

A d'autres moments, nous cessions de nous sentir traqués. Le drame était accompli. Il ne nous restait plus qu'à en récolter le bon grain. Nous avions notre pain blanc devant nous : ce fils que nous attendions comme si nous l'eussions espéré, dont nous parlions comme s'il eût été déjà là. Je n'envisageais plus qu'on pût m'en séparer et il me montait d'enivrantes bouffées de reconnaissance envers cette Albertina si généreuse.

Bras dessus, bras dessous, ménagers de nos forces, nous nous promenions à pas de convalescents joyeux, nous entreprenions de nouvelles expéditions, nous retrouvions notre curiosité des sites et des gens, pour appeler sur la venue du petit Sébastien une corbeille commune d'expériences et de souvenirs.

Sans doute entrait-il une part de complaisance dans l'art que nous apportâmes à transfigurer notre malheur. Mais l'innocence de nos hésitations, la sincérité de nos volte-face, j'en veux la preuve dans la constance avec laquelle nous continuâmes de maintenir entre nous la présence de l'enfant Sébastien, lors même que nous eûmes décidé qu'il ne devait pas venir.

Un après-midi, Albertina se fit plus lourde à mes côtés, je la vis pâlir, ses traits se durcirent. Nous avions dépassé les Portes et franchi la Seine au pont de Chavraize. Nous allions atteindre les coteaux de Mongis d'où l'on domine Paris sous un angle inattendu. Nous nous étions assigné comme but de promenade une closerie située à mi-pente dont les charmilles nous avaient souvent tentés depuis l'autre rive. Il avait plu. Un crépuscule rose montait du fleuve, où l'esquif d'un rameur solitaire ouvrait un sillon d'argent. Je voulus me retourner pour faire partager à Albertina une illusion d'optique : la tour Eiffel apparaissait dans le prolongement de l'Arc de Triomphe. Elle secoua la tête et dit :

– Laisse-moi.

Je la pris au mot. Elle me dit :

– Reviens.

Une voiture nous dépassa. Je lui demandai :

– Veux-tu que je l'arrête?

Elle fit non de la tête et retint sa respiration

jusqu'à ce que les émanations du moteur se fussent dissipées.

– J'ai mal.

– Où ça? interrogeai-je, ce qui me sembla très indiscret.

Mais j'avais peur de ne bientôt plus pouvoir accompagner Albertina à travers les étapes secrètes de sa besogne et il m'était insupportable de travestir mon ignorance en indifférence. Fort heureusement, elle répondit :

– Partout.

Et, comme elle répondait, ses yeux s'éclairèrent, son buste se détendit :

– Voilà, c'est fini.

Nous décidâmes de poursuivre notre route. Albertina retrouva son entrain sous les tonnelles. L'alerte ne l'avait pas affectée. Elle négligea une manière de petit bar modern-style pour la salle commune qui sentait l'épicerie de campagne. Je pris un vermouth. Elle demanda une eau minérale, en me priant de ne pas m'en formaliser, et refusa la cigarette que je lui offrais :

– Je ne fume plus.

Ces gestes nous acheminaient vers la tragédie individuelle. Étions-nous de taille à l'affronter? Les périls pour elle, les inquiétudes pour moi, cette aventure inversait les rôles où je nous eusse souhaités. Pouvais-je préjuger les sentiments d'Albertina en cette minute? Où fallait-il lui envoyer du renfort? Quelle fissure se dessinait en son âme, qu'il convenait de colmater? Je m'efforçai de me mettre à sa place. Je me déguisai en princesse française; je dressai les décors d'une banlieue de Francfort : je m'y perdais par un soir humide au bras de mon suborneur, un jeune Doktor, père de famille. Je savais qu'il ne m'épouserait pas et me laisserait repartir, sous quelques jours, dans mon château perdu, pour y engendrer patiemment le parfait bâtard... Voilà. C'était tout; c'était maigre. Ma représentation n'allait pas au-delà. Je me heurtais au mystère imprenable d'Albertina, qui était peut-être plus foncièrement encore celui de la femme. La transposition n'était pas possible.

Albertina crispa brusquement ses doigts sur la table, m'étreignit le poignet, se renversa en arrière, exsangue. Je crus déchiffrer la note culminante de cette souffrance. J'en cherchai en vain l'écho. Déjà, Albertina revenait à la paix.

– Heureusement que tu es là, dit-elle.

A bien y réfléchir, elle était d'une indulgence extrême.

Ce second spasme fut suivi d'un troisième et de beaucoup d'autres, qui nous interdirent de bouger. Désormais, je pouvais guetter le passage de la douleur. Elle tournait comme un coureur. Je la sentais venir à quelque frémissement lointain. J'assistai, sur le visage de la jeune femme, à la montée tumultueuse qui accueillait son arrivée. Je la voyais s'amenuiser et disparaître. Nous avions à peine récupéré qu'elle s'annonçait de nouveau.

L'obscurité s'installa dans le fond de la salle où la détresse nous enracinait. Le patron, que nous entendions invectiver contre son épouse de l'autre côté de la cloison, poussa la porte, hésita le long de son comptoir et finit par prendre place devant un guéridon où le couvert était mis. La vieille passa une tête défigurée par le mépris.

– Tu manques pas d'appétit, Ernest, tout de même, quand y a du monde!... Et ça veut faire bar!

Ernest souleva sa casquette pour se gratter le crâne et dit :

– Allez, va, sers la soupe.

Albertina suivit avec fascination les évolutions de la patronne, huma le bonheur médiocre qui émanait de ce ballet domestique, pressentit qu'il tirait sa saveur d'une tradition quotidiennement ranimée, comme ces ragoûts qui prennent du ton en retournant au feu.

– Je voudrais de la soupe, dit-elle.

La vieille, dont l'oreille traînait dans notre direction à la moindre occasion, sauta sur une paire d'assiettes et les remplit avec une ardeur communicative.

– Laisse, fit Ernest, en débouchant sa bouteille personnelle. Il y a des finesses que tu ne connais pas.

Il laissa couler un long filet de vin dans notre bouillon et ferma un œil pour apprécier l'ouvrage :

– A votre santé, lança-t-il, je ne vous en promets pas plus.

La patronne, persuadée que la pâleur d'Albertina tenait au drame passionnel et que nous n'avions élu ses banquettes que pour y distiller des venins distingués, se dirigea vers le seuil et proféra cette indication à notre adresse :

– Il a plu, ça fait du bien aux esprits.

Ces gens se penchaient sur notre corps et sur notre âme.

On s'étonnera de certains goûts frustes d'Albertina. Rappelons qu'élevée à distance des villes, pendant les dures années de la guerre, sa condition d'orpheline l'avait rompue aux leçons de l'office et de la ferme avant de lui ouvrir les portes du salon. Il y aurait plutôt lieu de s'émerveiller qu'une aussi bonne fille pût cohabiter sous une même enveloppe avec une aussi grande dame. Ce privilège d'abondance, Albertina n'en était redevable qu'à l'aristocratie de sa race. Elle applaudit au mélange d'Ernest et sut ne pas exclure nos hôtes de cette satisfaction commune à laquelle nous accédions pour la première fois.

C'est l'honneur du potage d'être une nourriture collective où les notions de part et de portion n'interviennent qu'à titre figuratif. Albertina et moi eûmes le sentiment de dîner dans la même assiette et que notre pacte s'en trouvait renforcé. En général, les jeunes ménages ne mangent pas assez de soupe et les amants pour ainsi dire point.

Nous étions, en apparence, aussi loin que possible de nos tourments. Il n'est rien de pire que les réveils. Rares sont les chagrins qui recèlent un bonheur sourd – les peines sont franches. Les félicités corrompues secrètement sont au contraire plus fréquentes. Elles ne pardonnent pas. Le cœur, trahi, s'insurge : sur qui compter? Notre potage lui-même n'était qu'un semble-joie. Il eût mieux valu ne jamais boire ce philtre du malheur travesti.

Albertina, sans repousser son couvert, posa les coudes sur la table et appuya son menton sur ses poings.

– Je ne pourrai pas, dit-elle, je ne pourrai jamais traverser cette épreuve sans toi. Il m'arrivera quelque chose, là-bas, à Arunsberg. Il est préférable de tout dire. On nous aidera.

Sous la châtelaine attentive aux faibles, aux animaux, aux opprimés, reparaissait une enfant incertaine de ses pouvoirs, qui redemandait au monde un peu de la sollicitude qu'elle lui avait prodiguée. Elle n'avait pas l'habitude de se tenir du côté où l'on appelle au secours. Comme une infirmière qui tomberait soudain malade, elle exigea tout et tout de suite : que je la suivisse ou que je la délivrasse.

Cette alternative redoutable nous rendait au sort banal des couples adultères. Nous rentrions dans le fait divers. C'est un département mal fréquenté, le climat y est déprimant. Albertina possédait heureusement une cousine pour chaque circonstance de la vie.

– Il y a quelque temps, dit-elle, Hermangarde de Metterbourg est allée faire un petit voyage en Suisse, où elle a été très bien traitée.

La solution que j'entrevoyais était de celles qu'un homme adopte avec gratitude. Pas moi. J'étais partagé entre le désir de donner à Sophie ce gage terrible de nos liens et la crainte de frustrer Albertina. Je m'empressai, par précaution, de lester d'un peu de morale les plateaux de ma balance.

– On ne doit pas détruire ce qui existe, déclarai-je.

Mais j'avoue qu'en cet instant je pensais davantage à mon foyer qu'à mon fils.

Albertina ne se méprit pas.

– Tu crois, fit-elle. Sébastien aussi existe. Eh bien, je ne peux pas le porter toute seule.

Elle constatait cela sans acrimonie, dans la fermeté d'une décision, nuancée d'un arrière-soulagement. Pour ma part, j'éprouvai que cette perspective nouvelle, si déchirante fût-elle, me restituait du prix et du poids. On me donnait quelque chose à faire, à défaire plutôt. Je ne tolérais plus ma passivité.

– La suite! réclamait précisément le patron.

C'était un rappel à l'ordre. Nous nous levâmes. Il n'y avait plus une seconde à perdre.

– Aurons-nous le temps? demanda Albertina.

Le mot du patron nous avait lancés dans la rue. La dernière phrase d'Albertina nous précipita dans la descente. Tout en titubant, elle disait :

– Je n'aurai pas la chance de faire un faux pas.

En arrivant aux portes, je me ruai sur les journaux. Les titres annonçaient : *Incertitude à Matignon, Détente à l'Élysée.* La main n'était pas près d'être désignée, qui signerait le visa du prince. Nous disposions peut-être d'une semaine pour livrer cette bataille inconnue. Les désordres de la République nous étaient favorables. Notre projet y trouva sa triste confirmation.

– Consentirais-tu à ce que Sophie, ta femme, fasse une pareille chose? interrogea Albertina, au moment où nous allions nous séparer.

Si j'eusse flairé une trace d'amertume dans ce propos, je n'eusse pas répondu à la jeune femme avec une franchise que j'imaginai lui devoir :

– Certainement pas.

– Tu aurais bien raison, dit-elle. Ma question était stupide. Nous sommes autant responsables l'un que l'autre.

Une grande vacance m'habita, dès qu'elle eut franchi le tambour de l'hôtel. Je n'étais plus sûr qu'elle ne commençât point à me haïr. Était-elle jalouse de Sophie? Ce sentiment n'avait guère cours entre les êtres que j'aimais. Il est vrai, pensai-je, qu'ils n'avaient rien à s'envier.

CHAPITRE IX

Le lendemain, en m'éveillant, je m'étonnai de voir Sophie vaquer dans l'appartement en toute placidité. J'avais fait pendant la nuit des rêves de carnages où elle n'était pas épargnée. Une personne louche, de l'espèce mystérieuse en quête de laquelle j'allais devoir me mettre pour apaiser Albertina, s'était acharnée sur elle, comme ces dentistes qui se trompent de dents et vous arrachent la bonne.

La bonne ou la mauvaise?... J'aurais bien été en peine de départager ces deux êtres, tant la qualité d'émotion qu'ils provoquaient en moi les faisait étrangers et complémentaires. Albertina, qui était aimée dans son corps, souffrait par son corps; ma femme qui était aimée dans l'esprit, souffrait par son cœur. C'était à pleurer. Ce que je fis.

– Sèche tes larmes, me dit Sophie. Il est arrivé une convocation du délégué syndical qui te demande de faire un peu plus souvent acte de présence à l'école. Qu'est-ce que c'est que ce gréviste aux yeux rouges! on n'a jamais vu personne militer en reniflant. Mets-toi des compresses sur la figure si tu veux qu'on te prenne au sérieux.

Je n'y tenais pas du tout.

Pourtant une certaine fierté me venait à recenser les soucis virils qui fondaient sur moi en ce moment. J'y puisai le courage d'entreprendre les démarches qui ouvrent l'univers souterrain des médecins complaisants, des sages-femmes à la sauvette, des cliniques clandestines. Il n'était pas désobligeant de rencontrer un bon copain et de l'attaquer en ces termes : « Mon vieux, j'ai foutu un gosse à une fille... » si l'on savait adopter l'accent du détachement ennuyé.

L'autre dirait probablement : « Pas possible! Toi, Sébastien! »

Moi, je me rengorgerais négligemment. La difficulté, ce serait ensuite.

Je fis mentalement une liste où j'inclus les plus séduisants, les plus canailles, les plus dévoués parmi mes amis, pensant que la perche ne pouvait m'être tendue que par l'une de ces trois catégories de garçons, et je commençai ma tournée. Je pris des taxis, j'allai de bars en cafés, je m'épuisai dans des cabines téléphoniques. L'enseignement que j'en retirai, dès le premier soir, fut que notre mésaventure était beaucoup plus courante que je ne le croyais, mais qu'elle semblait avoir brûlé ceux qu'elle avait touchés. Ouvert aux confidences, je dus accueillir, à la faveur de mon intervention, mille récits refoulés jusqu'ici par des mémoires trop lourdes ou trop prudentes. Ce qui m'intéressait, c'était surtout la conclusion et l'index des noms cités. Là, tous, comme par enchantement, paraissaient frappés d'amnésie. Les plus séduisants s'abritaient derrière le secret professionnel du Don Juan, les plus canailles prétendaient que les noms de famille sont ignorés dans ces circuits qui vont si manifestement à l'encontre de la famille, les plus fidèles promettaient de me rappeler, au besoin dans la nuit. L'un d'eux tint parole, mais il usa de périphrases si déguisées que je ne pus dépouiller les voiles de sa réponse. A ce stade d'ailleurs, j'avais bu tellement d'apéritifs que j'étais certain que nous nous tirerions d'affaire d'une manière ou d'une autre.

Sophie, on se demande pourquoi, peignait avec furie. Albertina ne quittait presque plus son hôtel, ses malaises l'obligeant à s'allonger fréquemment. La langueur s'était transférée de l'une à l'autre.

Albertina me recevait dans le salon de lecture où le prince m'avait annoncé son arrivée, trois mois auparavant. Nous y chuchotions nos conseils de guerre. Il nous servait de point de ralliement. Il était au centre de cette toile décevante, laborieusement tissée, chaque soir défaite, où la jeune femme ne se tenait plus qu'immobile, comme une reine des araignées.

Reine résignée, reine précaire, j'aurais quand même bien voulu qu'elle consultât un médecin.

– Tu perds la tête, me dit-elle. Pas dans cet état-là.

A son tour, elle devenait désarmante. Je m'efforçais de la raisonner. Je lui parlais comme si elle eût été Sophie. Nous rompions le fil de ces échanges stricts, positifs, qui était notre monnaie d'autrefois, et en même temps que les contours du langage, je sentais fondre une retenue plus profonde : je l'aimais mieux.

– Ce docteur, tu ne le reverras jamais plus. Il t'oubliera. Tu ne feras pas attention à lui. Il t'examinera en Français, ça ne te concernera presque pas, tu n'auras qu'à te taire. Si tu veux, je t'accompagnerai. Je serai derrière la porte.

– Mais qui lui dira ce que nous voulons?

– Ça, il ne consentira sûrement pas à le faire, disais-je.

– Alors, à quoi bon? Le temps presse, mon chéri.

Les radicaux, dont la volonté de conciliation nous donnait le frisson, siégeaient maintenant sans désemparer. Les bougres tendaient les bras de Shaiva vers tous les recoins de l'horizon parlementaire, se répandaient en comités et en sous-comités totalement insomniaques où ils tricotaient pour le nouveau ministère une layette fébrile empruntée à la combinaison d'Arlequin. Chaque matin, nous tremblions qu'une aube radicale n'eût accouché d'un président. Il nous en vint effectivement deux ou trois de passage, mais ils disparurent aux alentours de midi, avant que nous fussions vraiment affolés. Albertina monopolisait le Bottin et répétait inlassablement les litanies des médecins de Paris, de Aaras jusqu'à Zulbenkian. Lequel, parmi ces quelques milliers de noms, portait la clé de notre délivrance? Blandard peut-être? ou Sternovitch, ou Galipeau... Sûrement pas Quignon-Morel, ni Précensay d'Allotte, ni Cohen d'Albi. J'avais envie de chercher carrément à « Marrons » dans l'annuaire par professions.

Coup sur coup, trois pistes me furent communiquées par des intermédiaires au quatrième ou cinquième degré – du moins le prétendaient-ils. La première, que je ne suivis pas jusqu'au bout, conduisait jusqu'à São Paulo, où l'homme de l'art s'était réfugié précipitamment avec ses appareils et ses recettes; la seconde s'interrompait brusquement à la Petite-Roquette; quant à la troisième, elle me mena dans la banlieue nord, au lieudit la Chaise-Rouge. J'avais l'adresse dans la tête. Elle chantait honnêtement : 12, rue des Filles-de-la-Vigne.

Je franchis un canal pris dans la gelée. Je contournai des usines, j'escaladai des dunes de chaux et de mâchefer. Si bien que j'étais gris de poussière en parvenant à bout de course. Tant mieux : ainsi étais-je méconnaissable. Je ne pensais pas, du reste, connaître grand monde dans ce quartier, où le noir, le noir mâchefer, dominait. La Chaise-Rouge était un village nègre, avec ses chemins de terre battue, sillonnés de volailles, ses cases de planches rehaussées de paillons, sa population accroupie sur le pas de la porte. Au 12 de la rue des Filles-de-la-Vigne se dressait une baraque en tôle ondulée. Il n'y avait personne.

On m'avait dit de demander Mlle Nina. J'avisai, derrière un petit enclos, un planteur tout occupé à arroser des radis avec une cafetière.

– Hé! s'il vous plaît, connaissez-vous Mlle Nina?

Il se redressa, rajusta sa barboteuse d'un vert pistache qui lui donnait l'air d'une datte fourrée et vint s'accouder sur un pieu.

– Non, dit-il. Il y a une commission à lui faire?

– Oui, répondis-je. Mais j'aimerais mieux la voir elle-même.

– C'est moi son jardinier, fit le noir. Alors vous pensez!

– Je ne sais pas si ça peut se dire.

– Si ça peut pas se dire, vous n'avez pas besoin de la voir.

Je compris qu'il plaisantait et je m'obligeai à rire.

– Eh bien! venez, je vais vous conduire, déclara-t-il. Elle doit être encore au bistrot.

Il y avait une demi-douzaine de débits de boisson à la Chaise-Rouge, si l'on peut baptiser ainsi de sombres cavernes où le vin d'Algérie revenait couler, après un étrange périple, dans des gosiers africains. A chaque station, mon guide éclusait un petit verre que je lui offrais et demandait :

— Vous n'avez pas vu la Ninette?

Et chaque fois, comme par malheur, elle venait juste de sortir ou bien elle aurait dû être là, parce que quelqu'un l'attendait. Dans ce dernier cas, je scrutais les doubles fonds de l'antre d'un œil plus aigu, dans l'espoir d'y découvrir une dame enfouie sous les renards argentés ou un petit père inquiet à ma ressemblance. J'avais besoin d'être rassuré sur les pratiques de la Ninette. Je n'apercevais que des Arabes aux visages fermés, des nègres en chemises roses et des tireuses de cartes qui avaient passé l'âge. J'eusse cessé là, si l'atmosphère insolite de la période que je traversais ne m'avait prémuni contre toutes les surprises. En outre, je n'avais pas le droit de négliger la plus infime chance : cette Nina pouvait mener une double vie. Elle était peut-être une gynécologue déchue, dont la main se souvenait.

— La voilà! dit mon compagnon.

Elle se tenait devant le zinc, très sage, les bras croisés sur son propre ventre. Je vis une femme âgée, en partie chauve, la figure cireuse. Les traits, le regard, sans être répugnants, étaient loin de refléter qu'une étincelle s'y fût jamais allumée.

— Je t'amène un client! lança le noir, qui, ayant conduit à bon port sa mission de confiance, ne se croyait tenu qu'à une discrétion unilatérale.

La femme commanda des chopines d'une voix

cassée par l'alcool; celui d'hier beaucoup plus que celui d'aujourd'hui, car elle articulait posément et ne divagua pas autour du sujet. Elle me développa un questionnaire précis auquel je ne sus répondre et qui me fit passer une nouvelle frontière.

– Vous avez l'argent sur vous?

– Lui donne pas, dit le noir, sans ça elle viendra pas.

– Quand est-ce que je viens? demanda-t-elle sans relever l'insinuation.

Naturellement, je n'envisageais plus de confier Albertina à cette épave, ses doigts tremblaient, néanmoins je feignis d'aller jusqu'au bout de mon propos. Je risquais de lui arracher un conseil, une lueur. Et puis, après elle, nous n'avions rien d'autre.

– Ça n'a donc pas lieu chez vous? m'étonnai-je.

Elle me considéra avec soupçon.

– J'opère toujours chez le client et je ne veux pas savoir les noms. Mais on doit ignorer où j'habite. Je ne travaille que par relations.

A supposer qu'elle eût possédé la maîtrise d'un chef de clinique, les relations de la Ninette ne l'avaient pas suffisamment frottée pour qu'on pût l'introduire chez Albertina autrement que dans une malle.

– Bon, dis-je. J'aurai décidé ça demain.

Mlle Nina rassembla ses bras devant elle, comme un fagot, convoqua son chevalier-suivant d'un signe de tête et avant de sortir, me jeta :

– En attendant, dites-lui qu'elle prenne un pernod. Le pernod ça pousse au sang.

Un aussi piètre butin pour une expédition aussi périlleuse ne pouvait manquer d'ajouter à la dépression d'Albertina. Sa déception fut d'autant plus grande qu'en la rejoignant, je souriais malgré moi à la rue de la Paix retrouvée, à l'Opéra, à la Madeleine. Après le cauchemar de la Chaise-Rouge, cette province où les princesses attendaient des enfants sur des divans profonds me semblait à l'image de la Terre promise et je m'abandonnais à une réaction d'euphorie. La jeune femme s'en irrita et monta dans sa chambre d'où elle ne descendit plus. Ses malaises empirèrent. On lui injecta de la pénicilline, à tout hasard.

Je m'installai dans le hall à la manière des détectives de Scotland Yard, le visage caché derrière un journal. Albertina m'y faisait tenir des plis d'urgence par la femme de chambre, par le garçon d'étage, par le liftier. Ils se résumaient en ceci qu'il fallait en finir. Je lui répondais par des envois de fleurs et les coulisses de l'hôtel bruissaient de la légende de mon amour sans retour pour la belle princesse.

Un après-midi, le prince d'Arunsberg lui-même vint se planter devant moi.

– Pensez-vous à la Suisse, monsieur Perrin? me demanda-t-il. Ma nièce, qui est un peu souffrante, m'a chargé de vous le rappeler. Alors, pensez-y bien fort. C'est un beau pays. J'y suis allé chasser le chamois en 1909 avec François-Ferdinand. Votre beau-père a dû vous le raconter. D'ailleurs M. de Novilis connaît les cantons mieux que quiconque. Il vous donnera tous les renseignements.

Au bout d'une journée de ce manège, l'inquiétude de la réception m'obligea à déguerpir. Albertina me somma de ne pas quitter les environs, tout en me pressant de m'activer. J'errai du café de Paris au café de la Paix, de chez Weber à chez Maxim's. Je dépêchais maintenant mes messages depuis des guéridons illustres, je les confiais à des chasseurs, qui ne l'étaient pas moins, accompagnés de bouquets précieux, de plus en plus extravagants, de plus en plus chers. Pour asseoir l'autorité qui me faisait encore défaut dans ces endroits, je renouvelai ma garde-robe, fis choix d'une cravate sérieuse et d'un fume-cigarette d'écume, mettant ainsi Sophie sur la paille pour les mois à venir. Le costume oblige. Je ne consommai plus que des boissons rares et me piquai de rédiger mes billets en leur donnant un tour et un style. J'y passais de longues heures. Je les nourrissais d'anecdotes qui excédaient nos préoccupations. Je me prenais à user envers Albertina de la personne de politesse, je lui disais « Vous » en considération de la distinction exceptionnelle de mon bavardage. Elle-même, et c'était plus surprenant, me répondait sur le même ton. Ce qui prouve assez qu'elle n'était pas dans ses humeurs normales. L'atavisme réveillait en elle des fantaisies capricieuses. Elle m'écrivait :

Cher. Je grignote des rôties exquises. Je veux que vous partagiez ces légers dérivatifs à la mélancolie de cinq heures. Trouvez-en sur-le-champ. Je crois qu'elles sont excellentes chez Fauconnier. Mangez-les en pensant à moi. Faites-moi signe. Votre A.

Je me mettais à la recherche d'un salon de thé et, une demi-heure plus tard, un groom m'apportait une enveloppe. Je la décachetais : *Comment étaient-elles?* demandait Albertina.

– Y a-t-il une réponse? s'enquérait le groom.

Je griffonnais rapidement le mot *sublimes* sur le

bloc de vélin réservé à ce commerce dispendieux et glissais cent francs au messager.

Ce fut une époque de misère très spéciale. La conduite de ce dénouement exigeait tout de nous, jusqu'à la dernière minute de notre temps, jusqu'à notre ultime sou. Les démences auxquelles nous nous abandonnions émargeaient encore aux frais généraux de la catastrophe. Elles ne concourraient qu'à préparer notre échéance, ou à nous la faire oublier. Cramponné au bord de la faillite, j'étais sur le point de passer un suprême gardénia à ma boutonnière, quand Albertina se releva et me pria de réintégrer la peau du petit professeur qu'elle aimait.

Nous n'avions pas beaucoup avancé durant cette semaine et nous nous étions ruinés. Mais la joie d'Albertina convalescente l'emporta sur nos soucis. Telle était notre incohérence qu'au plus sombre de notre histoire nous retrouvâmes un certain bonheur dans la fatalité et recommençâmes à évoquer la carrière de notre petit prince.

Pour sa première sortie, j'emmenai Albertina chez maman. La jeune femme se réjouissait de cette visite que je lui avais depuis longtemps promise. Elle souriait au soleil, aux frondaisons des quais. En atteignant la rue de Seine, elle me dit :

– C'était la seule transition possible avec le monde extérieur. J'ai l'impression de quitter un asile de fous.

La clé était sur la porte. Le brouhaha que nous avions perçu en traversant la cour s'était tu. Maman n'était sûrement pas seule. Arriverais-je à l'entretenir, comme j'en avais l'intention, de mes difficultés d'argent, et, qui sait? si la pente m'était douce, à lui avouer ma faute et à me blottir contre elle.

– Entrons, fis-je. Nous ne risquons rien...

Dans le studio tiède et cossu, tendu d'étoffes discrètes, où des cuivres chauds, des faïences claires, des rayons de livres, portaient la patine d'une vie simple et patiente, cinq dames âgées entonnaient à ce moment *L'Internationale*. Douillettement enveloppées pour la plupart, elles penchaient leurs têtes blanches sur une partition populaire, et l'ingénuité attentive de leur attitude tirait son prix des pelotes de tricot et des sacs de tapisserie qu'elles avaient posés sur leurs chaises, derrière elles. Des instruments de musique gisaient en vrac au milieu de la pièce. Albertina marqua un temps d'arrêt.

D'un geste large, maman suspendit sur sa plus haute note le chœur de ses compagnes, et s'avança à notre rencontre le masque encore concentré par l'effort. Quand elle fut sur nous, elle s'arracha à une distraction qui s'était emparée d'elle chemin faisant, et alors, seulement, elle sourit. Je sus qu'Albertina serait payée de ses peines par le spectacle de ce visage méditatif et léger, sans autres fards que ceux de la sensibilité. L'empâtement doux des traits n'en estompait pas la noblesse mais en tempérait l'ardeur volontaire, qu'elle mobilisait ailleurs pour des fins moins probables. Il exprimait à la fois le rêve et l'action. C'était un visage pour tous les terrains.

Je lui présentai Albertina, dont elle avait entendu parler.

– Ne fais pas l'étonné, dit maman. Tu sais à quel point j'aime le jazz.

– Oui, mais enfin, là... Tu vas être repérée par les voisins.

– Pourquoi? demanda-t-elle. C'est un exercice de

déchiffrage pour la formation restreinte. Et cette musique de *L'Internationale* est si jolie! Çà, rassure-toi, nous allons vous jouer un vrai air. Ce sera notre présent d'accueil. Qu'est-ce que vous préférez, mademoiselle, *Pâle dans le Brouillard,* tango, ou *Be-bop for you?* Nous ne présentons pas encore un répertoire varié.

Je me récriai, mais Albertina, qui témoignait d'un grand sérieux, remercia avec empressement, et les exécutantes se rangèrent devant l'accordéon de maman, qui martela le sol d'un talon précipité pour créer le rythme. Je les regardai : à condition qu'on ne les écoutât pas de trop près, on ne pouvait se défendre de les admirer. L'une était la veuve d'un peintre en renom et choisissait des notes discordantes sur une guitare de location qu'elle tenait comme une palette. L'autre, taillée en grenadier, manipulait ses baguettes de tambour comme des aiguilles à tricoter et clignait spasmodiquement de la paupière, à la manière d'un métronome. Une troisième pouffait par intermittence dans un tube muni d'un pavillon et mettait ensuite sa main devant sa bouche. La pianiste, enfin, habillée comme son piano, portait une robe en imprimé à violentes touches noires et blanches, qui l'apparentait à une poularde demi-deuil.

Quand elles furent parties, maman rapprocha trois fauteuils et nous servit du thé.

– Je suis bien contente que tu sois venu, dit-elle, parce que j'ai de gros soucis.

– Allons bon!

– Attends. D'abord une heureuse nouvelle : tu sais que j'ai trouvé un clarinettiste?

– Oui, dis-je.

– Comment peux-tu le savoir? Je l'ai rencontré à une merveilleuse partie de campagne.

– Mais il habite dans la même maison que moi.

– C'est vrai, que je suis sotte, c'était justement ça le plus drôle. Eh bien! ce général est un homme très bien : viril, délicat... Et puis, qu'est-ce que tu veux, ces gens-là ont quand même le sens de la discipline.

– Alors, ces soucis?

– Écoute, et vous aussi, mademoiselle – ou, si vous préférez que je vous appelle Albertina – n'avez-vous pas trouvé que Sabine ne jouait pas en mesure? Je suis certaine qu'elle n'y arrivera jamais. Certes, elle a des qualités d'harmoniste que je ne possède pas, mais pour un ensemble...

Sabine était celle qui soufflait dans une sorte de trompette, et nous dûmes déployer des trésors d'ingéniosité et de courtoisie pour réconforter maman. J'orientai la conversation vers des sujets plus généraux pour éprouver qu'en toutes régions elle n'empruntait jamais que des sentiers à elle, puis je lui demandai, profitant d'un moment où elle rayonnait d'indulgence :

– Crois-tu qu'il faille faire des enfants, si l'on ne peut pas les élever comme il faudrait?

– Évidemment, dit-elle, peut-être n'est-ce pas très souhaitable, mais d'un autre côté, tant d'âmes sans emploi aspirent à se réincarner pour se parfaire qu'il ne faut jamais hésiter à leur donner cette chance.

– Comment, toi aussi, tu adhères à ces sornettes?

– Un peu en cavalière seule, répondit-elle. Mais il est assez séduisant de penser que j'ai peut-être été Ganelon, ou la Brinvilliers, ou Grille d'Égout, dans une vie antérieure.

Ainsi, nous risquions de mettre au monde un petit prince pour permettre à l'âme d'un brigadier de gendarmerie de se laver de ses péchés. Je n'étais guère satisfait et j'en aurais voulu un peu à maman de la fragilité de son apport dans nos débats, si au même instant elle ne m'avait saisi machinalement les doigts qu'elle frotta longuement contre les siens, usés. Je sentis à cette seule imposition des mains qu'elle était déjà une grand-mère et je me refusai à gâcher l'eau claire de ses jours. Elle n'eût pas aimé cette dernière faute de jeunesse. Qui sait?

Elle nous accompagna jusque dans la cour et me prit à part, en s'excusant auprès d'Albertina.

– Encore une chose importante, dis-moi, est-ce que tu penses que je doive inclure une contrebasse et un saxophone, ou plus simplement un second accordéon?

Nous nous retrouvâmes dans la rue. Je n'avais pas osé lui demander d'argent.

– Je peux m'en procurer, dit Albertina, en vendant un bracelet de petite valeur. Tranquillise-toi, j'aurai moins de mal à le négocier que le diadème de mon oncle. Cette aventure ne nous dépouillera jamais assez. Maintenant, je ne sais plus dans quel sens il convient d'agir. Ta mère est tellement tonique que je me sens du courage pour affronter n'importe quoi.

– Demain sera décisif, lui assurai-je, pour la dixième fois.

J'avais trop négligé l'école depuis quelque temps. Je profitai de cette fin d'après-midi pour m'y rendre par le chemin des professeurs, qui ressemblait étonnamment, ce jour-là, à celui des écoliers. Les fenêtres sur l'avenue de Suffren laissaient filtrer les échos d'un joyeux chahut. Dans la salle où nous corrigions habituellement les compositions, les plus âgés jouaient au jacquet en s'apostrophant à l'antique. Les plus intrépides, qui avaient décidé de passer la nuit, inventoriaient leur matériel de camping et se coiffaient de gamelles en aluminium. Les plus jeunes, massés du côté de la rue François-Mocqueur, flirtaient avec les lavandières de Jouvance. Seul, Savarin veillait aux grilles. Il avait revêtu un imperméable gris qui était l'exacte réplique de la blouse qu'il enfilait à l'ordinaire pour enseigner la Morale et le Civisme. Prévoyant qu'il me faudrait soutenir de rudes joutes avec mes collègues du piquet de grève, je m'étais muni de journaux : Le M.R.P., dont l'esprit de conciliation ne le cédait en rien à celui des radicaux, siégeait maintenant sans désemparer, etc.

– On ne vous voit pas beaucoup, dit Savarin. Il pourrait bien nous arriver n'importe quoi. Je me demande pourquoi j'ai un faible pour vous. Je parie que vous ignorez les motifs pour lesquels nous sommes en grève...

– N'est-ce pas à propos de l'indemnité « Encre rouge » que ces cochons-là s'obstinent à nous refuser?

– Non, non, mon cher, là vous retardez. Il s'agit de l'amendement à l'article 72 de la loi sur l'Enseignement paratechnique stipulant que le savon liquide est réservé aux agrégés de l'Université. Qu'est-ce que ça veut dire?

Voilà pour les causes. J'appris, en revanche,

que les conséquences étaient incalculables, car à l'exemple de notre Fédération, celle des boueux avait débrayé par solidarité (?), entraînant à son tour d'autres rubriques plus importantes de la famille syndicaliste. Une bonne moitié de l'activité nationale était aujourd'hui paralysée jusques et y compris les houillères et, partiellement, les transports. Pour ne pas décevoir Savarin, je m'offris à passer une petite heure à l'intérieur des locaux. Je choisis d'occuper ma classe où je m'enfermai à double tour aux fins d'y rêver.

Elle avait des fraîcheurs d'aquarium, les appareils de climatisation ne fonctionnant plus depuis un mois. Il me parut idiot de monter sur l'estrade et de me poser en chaire comme le magot d'un temple désaffecté. Je préférai me vautrer sur les bancs des enfants. Je m'assis à la place de Bloch (1er avec 17 1/2), à celle de Ballois (23e, 9 3/4), à celle d'Amhed (17e, 11), à celle de Vandenbrœcke (6e, 14), à celle de Minier (31e, 5). J'essayai de retrouver l'optique sous laquelle les hautes figures de la promotion pouvaient m'apercevoir à longueur d'année et d'en dégager l'image composite que cette hydre farceuse emporterait de moi.

Assis derrière le pupitre de Minier, avec tout mon troupeau fantôme devant moi, il me vint l'envie de leur adresser un clin d'œil. Je pouvais graver mon nom à la pointe du couteau dans le bois de leurs tables, ou écrire une joyeuseté au tableau noir, ou bien encore déposer dans leurs casiers les objets que je leur avais confisqués. Je me fixai à ce projet qui me sembla convenir à la pudeur de nos rapports et j'allai chercher dans mon tiroir un bric-à-brac hétéroclite que je commençai à répartir entre les rangées. Me souviendrais-je jusqu'au bout? A Ballois les réglisses, à Vandenbrœcke la boussole, à Gautherot le poker d'as, à Minier le petit roman, à Minier le sifflet, à Minier la glace, à Légnouet le pistolet à eau, à Minier les amorces, à Minier... à Minier... à Minier...

Quand j'atteignis le banc de mon cancre favori, j'avais encore les bras tout chargés. Je soulevai le pupitre et m'amusai à en inventorier le contenu. J'extirpai une peau de banane, des feuilles volantes zébrées de dessins, l'ébauche de mon portrait dans le plus simple costume. Au fond, rangés dans un coin, les cahiers. J'eus la curiosité de les feuilleter. Les premiers, qui portaient une couverture beige à l'en-tête du cours François-Mocqueur étaient vierges, à l'exception de quelques annotations ou gribouillages qui devaient correspondre aux moments où le « prof » lorgnait dans sa direction. Les seconds étaient orange, confortablement remplis par une écriture fantasque, où je pus déchiffrer de page en page cette mention ahurissante : *Sylvain Minier. Classe infra-supérieure. École paratechnique de Montreuil...* Et il y avait bien de quoi être ahuri, car la classe infra-supérieure c'était la nôtre, celle où je faisais mon cours d'Histoire, depuis cinq ans!... Je cherchai fébrilement le cahier qui concernait cette discipline. Un seul regard suffit à me confirmer ce que j'appréhendais depuis la découverte du dossier orange : Minier était un redoublant.

Qu'il n'eût pas suivi d'une oreille bien zélée ce que lui dictait le professeur de Montreuil, cela était évident à première lecture. Pourtant, il me semblait impossible qu'il n'en eût rien retenu. Était-il si négligent que de n'avoir jamais songé à confronter son léger bagage avec les fables que je leur racontais? ou si malicieux que de ne m'avoir jamais fait part de ses étonnements? De toute façon, j'étais à sa merci et il me faudrait capituler dès la reprise des classes! Mon cancre me signifiait de rentrer dans l'ordre.

Le front aux barreaux de la fenêtre, prisonnier de mon école, je me laissais envahir par une tristesse confortable, quand on frappa à la porte. Je sursautai. J'ouvris : Savarin se tenait sur le seuil, comme la statue de l'Enseignement paratechnique en personne, à ceci près qu'il ne pouvait se retenir de faire craquer ses phalanges.

– Eh quoi! je vous ai fait peur. Vous êtes blafard. Qu'est-ce qui se passe?

Il s'avança dans la travée centrale, jeta un regard autour de lui, n'hésita pas à gravir les marches qui conduisaient à mon bureau.

– Vous avez des ennuis, ajouta-t-il, ça se voit. Si vous avez besoin de vous confier à un vieux collègue qui en a connu pas mal, lui aussi, dans sa vie, je suis à votre disposition.

Spontanément, comme si cette posture m'eût été assignée par décret, je vins m'asseoir en face de lui, au premier rang, et m'accoudai sur le pupitre qui se trouvait là. A la tranquillité docile que je ressentis soudain, j'entrevis que j'occupais sans doute ma vraie place dans l'univers, celle que je ne m'étais jamais résolu tout à fait à quitter.

Je ne parlai pas à Savarin de mon imposture professionnelle, c'était le seul chapitre où il ne m'eût pas compris en cet instant. J'avais conscience de ne pas tricher puisque j'avais rejoint les rangs des élèves. Non. Je lui parlai d'Albertina, de

Sophie, de Sébastien-le-Grand, de ce qu'il fallait faire et de ce qu'il ne fallait pas. Quand je levai la tête, j'apercevais sa pomme d'Adam, quand je la baissais il ne voyait plus que mes cheveux. Notre commerce illustrait l'allégorie de la confession laïque.

– Mon pauvre enfant, dit-il enfin. Ça n'est pas si grave. J'aime la République, parce que j'aime les abeilles. Aux vacances, je retourne m'occuper de mes essaims dans le Gâtinais. Je me fabrique sur mesure cette démocratie qu'est une ruche. Et pour cela, vous ne savez pas ce que je commence par faire? J'isole un couple royal. Je sais comment ça se passe.

« Votre Albertina est une reine. Vous ne pouvez poursuivre à ses côtés qu'un destin de faux-bourdon. Si ça vous convient, laissez venir votre fils. Sinon, je possède, dans le Gâtinais également, à Meselay, une vieille camarade de combat qui vous rendra service. Vous auriez dû me dire ça plus tôt. A propos, il y a combien de temps que ça dure?

– A peu près un mois.

Savarin se leva, tendit l'index vers le tableau, comme pour souligner une bévue que j'aurais pu commettre et m'en donner le corrigé.

– Jeunesse! s'exclama-t-il, mais il n'y a rien de perdu. Ce petit prince, vous allez voir que vous l'aurez rêvé. D'ailleurs, on n'en fait plus. Et je suis sûr que vous le regretterez.

– D'une manière ou d'une autre, il me plaisait bien.

– Enfin, écoutez, si je me trompais, souvenez-vous de Meselay, mais méfiez-vous de la grève des cheminots.

Il redescendit, ouvrit la porte, et murmura en guise d'adieu :

– Évidemment, ce sont des choses qu'on n'a pas à redouter chez les abeilles.

La concierge m'avait remis une lettre de mon beau-père, je l'ouvris en revenant chez moi. Plus rien ne pouvait me faire peur.

Mon cher Sébastien, disait-elle, *je suis encore chancelant du choc que vous m'avez occasionné, et je ne suis pas certain de vous en avoir fait mesurer l'étendue qui, jointe à la hausse continuelle de la vie et des impôts sans compensation d'aucune sorte, contribue à saper ce qui me reste d'âge. Je n'insiste même pas sur l'attitude de la Recherche scientifique à mon égard, elle est naturellement ignoble. On vient encore de diminuer de moitié les crédits qui m'avaient été affectés pour ma recherche des cratères sur Vénus... Eh bien, tant pis! Ils croyaient que c'était Vénus, ce sera Mars! Je déclare la guerre aux sagouins qui achèvent quotidiennement de me détacher d'un pays auquel je ne me sens plus relié que par quelques fuseaux horaires.*

Bien entendu, je n'écris pas ceci pour vous, mon cher Sébastien. Dorothée m'annonce – elle le tient de Sophie – que vous auriez l'intention de signer le traité de Westphalie avant la fin du mois. J'en serais heureux, comme vous pouvez l'imaginer. Mais, si cela devait vous gêner le moins du monde, je pourrais encore attendre jusqu'au mois prochain. Ce que je désire seulement, c'est attirer votre attention sur les conséquences incalculables qui suivent le moindre de nos actes, sitôt que nous nous écartons de notre ligne. Je veux croire qu'il ne s'agit pas d'une promesse en l'air.

J'apprends par le Daily Worker *que vous êtes en grève. Dieu sait si je n'apprécie guère ces procédés. Malgré tout, je vous dis : faites la grève. Je vois mal, au demeurant, comment vous pourriez faire autrement. En bref :* ne vous singularisez pas. *Je m'agace sous ma barbe, qui va couci-couça, de vous le rabâcher aussi souvent. J'écris à Sophie par le même courrier. Croyez-moi vôtre.*

Sacha de Nov.

Sophie était sortie. Je m'en réjouis pour elle. Je m'étendis sur notre lit, sans allumer la lampe, les yeux ouverts. Je savais qu'à cette heure, la terreur ressaisissait Albertina. J'eus la tentation de partir séance tenante pour Meselay : nous inventerions n'importe quoi et demain, ce serait fini... La clé tourna dans la serrure, Sophie alluma toutes les lumières.

– Tiens, ce soir, tu dînes?

– Oui.

– Ça ne tombe pas très bien, je n'ai pas grand-chose.

Elle ne s'était jamais beaucoup intéressée à la cuisine.

– Enfin, on s'arrangera. Dis donc, la princesse d'Arunsberg a téléphoné. Je n'ai rien pigé du tout.

– Qu'est-ce qu'elle a dit?

– Elle a dit... Attends, je l'ai marqué parce que c'est du chinois... Elle a dit : « Sébastien ne viendra pas. »... Eh là! où vas-tu?

Déjà, je dégringolais dans l'escalier.

– Ne m'attends pas pour dîner, criai-je.

Je la vis qui se tapotait le front.

En arrivant devant l'hôtel d'Albertina, une crainte odieuse me paralysa. Je fis le tour par-derrière, pour gagner du temps, pour glaner des bribes de panique, ou d'espoir. Je me tenais dans l'ombre d'une échelle de fer d'où j'observais le va-et-vient. A un moment, un individu, fort comme un Turc, traversa la cour intérieure en roulant des épaules sous sa blouse blanche. Je ne pus me contenir. Je l'accostai :

– Vous êtes bien le donneur de sang? lui demandai-je.

– Moi, dit-il, je suis le blanchisseur.

Alors, j'entendis que les crieurs de journaux hurlaient vers l'Opéra la nouvelle que la France possédait de nouveau un gouvernement et j'osai pénétrer dans le grand hall.

Albertina, en robe du soir, sortait de la salle à manger au bras du prince, en smoking. Elle se détacha, me reconduisit par la main jusqu'au tambour et répéta :

– Sébastien ne viendra pas... Ce n'était qu'une fausse alerte. Chacun de nous deux peut maintenant, s'il en a le désir, la travestir en fausse joie.

CHAPITRE X

On avait posé l'inspecteur au milieu de la classe. Il essayait de deviner tout seul quel était le premier, quel était le dernier, et, n'y parvenant pas, il avait envie de s'endormir. Je le vis se secouer et j'eus un frisson.

– Allons, dit-il, appelez-moi un de ces petits garçons que je sache un peu ce qu'ils valent.

J'évitai le regard brillant de Bloch à qui cet honneur était dû. Je me raclai la gorge, je baissai les yeux, je dis :

– Minier au tableau.

J'entendis un juron, vite couvert par des rumeurs de stupéfaction. On s'interpellait d'un banc à l'autre : elle était bien bonne, celle-là. Déjà Minier escaladait deux ou trois pupitres dans un grand fracas de galoches, bien décidé à sauver la face en faisant rigoler les copains. Il ne put pourtant s'empêcher de me foudroyer en passant devant moi. Personne, et lui le premier, ne comprenait la raison de cette brimade. Bloch s'enferma dans un dédain farouche.

L'inspecteur, qui avait fait pivoter sa chaise pour suivre ce bonhomme vif qui l'émouvait légèrement, dit :

– Ah! voilà donc l'as des as.

Un tollé s'éleva dans son dos et il se retourna.

– Ça n'est pas vrai? demanda-t-il, du ton du montreur de marionnettes qui s'adresse à la salle.

– No-o-o-on! rugirent les autres.

Je me crus obligé d'intervenir.

– Ne les écoutez pas, dis-je. Minier est un élève sur qui je fonde beaucoup d'espoir.

– Eh bien! fit-il, nous allons voir. Si vous le voulez bien, je l'interrogerai moi-même. Je ne suis pas méchant. Je sais flairer les questions qui permettent à tel ou tel sujet de briller... Celui-ci, par exemple, va me parler du petit Bara...

Minier haussa les épaules. Mais les rires cessèrent dans la classe, car personne, à vrai dire, ne savait de quoi il retournait.

– Le petit Bara... Le petit Bara, répétait l'inspecteur.

Mon beau-père ne s'était pas trompé : l'Histoire de France appartenait à tous les Français. Chacun venait y élire un épisode, un paysage, ou un héros privilégié : l'un c'était Westphalie, l'autre Jean-Jacques Rousseau, l'inspecteur c'était le petit Bara. Je mimai furtivement les gestes d'un joueur de tambour, puis, je coupai court :

– Excusez-moi, dis-je. J'avais pensé que peut-être cet enfant pourrait vous répondre sur le seul acquit de la culture ambiante, mais la vérité est que nous n'en sommes pas encore là...

– Pas encore là, s'étonna l'inspecteur. Mais quel jour sommes-nous?

– C'est à cause des grèves, lançai-je.

L'inspecteur secoua la tête.

– Je n'y pensais plus, pauvre garçon! Je ne vais

pas le torturer plus longtemps. Je voudrais simplement jeter un coup d'œil sur son cahier.

Pour la première fois, Minier se troubla et m'appela silencieusement à l'aide.

– Vous n'entendez pas, dis-je. Votre cahier... votre cahier orange, quoi!

Alors, son sourire cabochard se fit plus tendre et il s'élança vers son casier presque joyeusement. L'inspecteur s'absorba avec une mine gloutonne. Un silence passa. Nous attendions le verdict.

– C'est parfait, dit-il. Vous donnez là des leçons très intéressantes; je me retire satisfait.

Je sortis en même temps que lui et fis quelques pas à son côté à travers le préau. Le tumulte infernal qui s'était donné cours en mon absence s'apaisa lorsque je repoussai la porte. La voix de Minier s'éleva la dernière. Elle disait :

– Il ne faudrait quand même pas prendre les enfants du bon Dieu pour des canards sauvages!

Ce doit être une recette qu'on se transmet de père en fils chez les Minier.

Là, où nous habitons, les avenues sont profondes et calmes comme des allées de cimetière. Ma maison achève de vieillir avec élégance et modestie...

Hier j'ai aperçu la nouvelle vicomtesse, elle ressemble à la précédente comme deux gouttes d'eau.

Ce matin, Savarin m'a dit : « Vous êtes désormais des nôtres » mais c'est moi qui l'ai invité à dîner parce qu'il vit tout seul.

Ce soir, Sophie, qui s'agitait beaucoup autour du

rôti, a failli jeter sa poêle par la fenêtre et m'a déclaré :

– Passé la trentaine, on devrait pouvoir cuire au four.

Tout à l'heure, je m'adresserai à Dieu et je lui dirai : « Mon Dieu. Épargnez-moi à l'avenir vos taquineries cruelles et je vous épargnerai mes petits blasphèmes. Accordez-moi seulement la grâce de comprendre votre œuvre et de m'en accommoder. »

DU MÊME AUTEUR

Aux Éditions de La Table Ronde :

COLLECTION FOLIO

Dernières parutions

2211. Pascal Quignard — *Carus.*
2212. Gilbert Sinoué — *Avicenne (ou La route d'Ispahan).*
2213. Henri Vincenot — *Le Livre de raison de Glaude Bourguignon.*
2214. Émile Zola — *La Conquête de Plassans.*
2216. Térence — *Théâtre complet.*
2217. Vladimir Nabokov — *La défense Loujine.*
2218. Sylvia Townsend Warner — *Laura Willowes.*
2219. Karen Blixen — *Les voies de la vengeance.*
2220. Alain Bosquet — *Lettre à mon père qui aurait eu cent ans.*
2221. Gisèle Halimi — *Le lait de l'oranger.*
2222. Jean Giono — *La chasse au bonheur.*
2223. Pierre Magnan — *Le commissaire dans la truffière.*
2224. A.D.G. — *La nuit des grands chiens malades.*
2226. Albert Camus — *Lettres à un ami allemand.*
2227. Ann Quin — *Berg.*
2228. Claude Gutman — *La folle rumeur de Smyrne.*
2229. Roger Vrigny — *Le bonhomme d'Ampère.*
2230. Marguerite Yourcenar — *Anna, soror...*
2231. Yukio Mishima — *Chevaux échappés (La mer de la fertilité, II).*
2232. Jorge Amado — *Les chemins de la faim.*
2233. Boileau-Narcejac — *J'ai été un fantôme.*
2234. Dashiell Hammett — *La clé de verre.*
2235. André Gide — *Corydon.*

2236. Frédéric H. Fajardie — *Une charrette pleine d'étoiles.*
2237. Ismaïl Kadaré — *Le dossier H.*
2238. Ingmar Bergman — *Laterna magica.*
2239. Gérard Delteil — *N'oubliez pas l'artiste!*
2240. John Updike — *Les sorcières d'Eastwick.*
2241. Catherine Hermary-Vieille — *Le Jardin des Henderson.*
2242. Junichirô Tanizaki — *Un amour insensé.*
2243. Catherine Rihoit — *Retour à Cythère.*
2244. Michel Chaillou — *Jonathamour.*
2245. Pierrette Fleutiaux — *Histoire de la chauve-souris.*
2246. Jean de La Fontaine — *Fables.*
2247. Pierrette Fleutiaux — *Histoire du tableau.*
2248. Sylvie Germain — *Opéra muet.*
2249. Michael Ondaatje — *La peau d'un lion.*
2250. J.-P. Manchette — *Le petit bleu de la côte Ouest.*
2251. Maurice Denuzière — *L'amour flou.*
2252. Vladimir Nabokov — *Feu pâle.*
2253. Patrick Modiano — *Vestiaire de l'enfance.*
2254. Ghislaine Dunant — *L'impudeur.*
2255. Christa Wolf — *Trame d'enfance.*
2256. xxx — *Les Mille et Une Nuits,* I.
2257. xxx — *Les Mille et Une Nuits,* II.
2258. Leslie Kaplan — *Le pont de Brooklyn.*
2259. Richard Jorif — *Le burelain.*
2260. Thierry Vila — *La procession des pierres.*
2261. Ernst Weiss — *Le témoin oculaire.*
2262. John Le Carré — *La Maison Russie.*
2263. Boris Schreiber — *Le lait de la nuit.*
2264. J.M.G. Le Clézio — *Printemps et autres saisons.*
2265. Michel del Castillo — *Mort d'un poète.*
2266. David Goodis — *Cauchemar.*
2267. Anatole France — *Le Crime de Sylvestre Bonnard.*

2268.	Plantu	*Les cours du caoutchouc sont trop élastiques.*
2269.	Plantu	*Ça manque de femmes!*
2270.	Plantu	*Ouverture en bémol.*
2271.	Plantu	*Pas nette, la planète!*
2272.	Plantu	*Wolfgang, tu feras informatique!*
2273.	Plantu	*Des fourmis dans les jambes.*
2274.	Félicien Marceau	*Un oiseau dans le ciel.*
2275.	Sempé	*Vaguement compétitif.*
2276.	Thomas Bernhard	*Maîtres anciens.*
2277.	Patrick Chamoiseau	*Solibo Magnifique.*
2278.	Guy de Maupassant	*Toine.*
2279.	Philippe Sollers	*Le Lys d'Or.*
2280.	Jean Diwo	*Le génie de la Bastille (Les Dames du Faubourg, III).*
2281.	Ray Bradbury	*La solitude est un cercueil de verre.*
2282.	Remo Forlani	*Gouttière.*
2283.	Jean-Noël Schifano	*Les rendez-vous de Fausta.*
2284.	Tommaso Landolfi	*La biere du pecheur.*
2285.	Gogol	*Taras Boulba.*
2286.	Roger Grenier	*Albert Camus soleil et ombre.*
2287.	Myriam Anissimov	*La soie et les cendres.*
2288.	François Weyergans	*Je suis écrivain.*
2289.	Raymond Chandler	*Charades pour écroulés.*
2290.	Michel Tournier	*Le médianoche amoureux.*
2291.	C.G. Jung	*" Ma vie " (Souvenirs, rêves et pensées).*
2292.	Anne Wiazemsky	*Mon beau navire.*
2293.	Philip Roth	*La contrevie.*

2294.	Rilke	*Les Carnets de Malte Laurids Brigge.*
2295.	Vladimir Nabokov	*La méprise.*
2296.	Vladimir Nabokov	*Autres rivages.*
2297.	Bertrand Poirot-Delpech	*Le golfe de Gascogne.*
2298.	Cami	*Drames de la vie courante.*
2299.	Georges Darien	*Gottlieb Krumm (Made in England).*
2300.	William Faulkner	*Treize histoires.*
2301.	Pascal Quignard	*Les escaliers de Chambord.*
2302.	Nathalie Sarraute	*Tu ne t'aimes pas.*
2303.	Pietro Citati	*Kafka.*
2304.	Jean d'Ormesson	*Garçon de quoi écrire.*
2305.	Michel Déon	*Louis XIV par lui-même.*
2306.	James Hadley Chase	*Le fin mot de l'histoire.*
2307.	Zoé Oldenbourg	*Le procès du rêve.*
2308.	Plaute	*Théâtre complet, I.*
2309.	Plaute	*Théâtre complet, II.*
2310.	Mehdi Charef	*Le harki de Meriem.*
2311.	Naguib Mahfouz	*Dérives sur le Nil.*
2312.	Nijinsky	*Journal.*
2313.	Jorge Amado	*Les terres du bout du monde.*
2314.	Jorge Amado	*Suor.*
2315.	Hector Bianciotti	*Seules les larmes seront comptées.*
2316.	Sylvie Germain	*Jours de colère.*
2317.	Pierre Magnan	*L'amant du poivre d'âne.*
2318.	Jim Thompson	*Un chouette petit lot.*
2319.	Pierre Bourgeade	*L'empire des livres.*
2320.	Émile Zola	*La Faute de l'abbé Mouret.*
2321.	Serge Gainsbourg	*Mon propre rôle, 1.*
2322.	Serge Gainsbourg	*Mon propre rôle, 2.*
2323.	Thomas Bernhard	*Le neveu de Wittgenstein.*
2324.	Daniel Boulanger	*Mes coquins.*

2325. Albert Camus — *La mort heureuse.*
2326. Didier Daeninckx — *Le facteur fatal.*
2327. Jean Delay — *Avant mémoire I.*
2328. Romain Gary — *Adieu Gary Cooper.*
2329. Alfred de Vigny — *Servitude et grandeur militaires.*
2330. Patrick Modiano — *Voyage de noces.*
2331. Pierre Moinot — *Armes et bagages.*
2332. J.-B. Pontalis — *Loin.*
2333. John Steinbeck — *La coupe d'or.*
2334. Gisèle Halimi — *La cause des femmes.*
2335. Khalil Gibran — *Le prophète.*
2336. Boileau-Narcejac — *Bonzaï.*
2337. Claude Fajardie — *Un homme en harmonie.*
2338. Michel Mohrt — *Le télésiège.*
2339. Vladimir Nabokov — *Pnine.*
2340. Vladimir Nabokov — *Le Don.*
2341. Carlos Onetti — *Les bas-fonds du rêve.*
2342. Daniel Pennac — *La petite marchande de prose.*
2343. Guy Rachet — *Le soleil de la Perse.*
2344. George Steiner — *Anno Domini.*
2345. Mario Vargas Llosa — *L'homme qui parle.*
2347. Voltaire — *Zadig.*
2348. Régis Debray — *Les masques.*
2349. Diane Johnson — *Dashiell Hammett.*
2350. Yachar Kemal — *Tourterelle ma tourterelle.*
2351. Julia Kristeva — *Les samouraïs.*
2352. Pierre Magnan — *Séraphin Monge.*
2353. Mouloud Mammeri — *La colline oubliée.*
2354. Francis Ryck — *Voulez-vous mourir avec moi.*
2355. John Saul — *L'ennemi du bien.*
2356. Jean-Loup Trassard — *Campagnes de Russie.*

2357.	Francis Walder	*Saint-Germain ou la négociation.*
2358.	Voltaire	*Candide.*
2359.	Robert Mallet	*Région inhabitée.*
2360.	Oscar Wilde	*Le portrait de Dorian Gray.*
2361.	René Frégni	*Les chemins noirs.*
2362.	Patrick Besson	*Les petits maux d'amour.*
2363.	Henri Bosco	*Antonin.*
2364.	Paule Constant	*White spirit.*
2365.	Pierre Gamarra	*Cantilène occitane.*
2366.	Hervé Guibert	*À l'ami qui ne m'a pas sauvé la vie.*
2367.	Tony Hillerman	*Le peuple de l'ombre.*
2368.	Yukio Mishima	*Le temple de l'aube.*
2369.	François Salvaing	*De purs désastres.*
2370.	Sempé	*Par avion.*
2371.	Jim Thompson	*Éliminatoires.*
2372.	John Updike	*Rabbit rattrapé.*
2373.	Michel Déon	*Un souvenir.*
2374.	Jean Diwo	*Les violons du roi.*
2375.	David Goodis	*Tirez sur le pianiste!*
2376.	Alexandre Jardin	*Fanfan.*
2377.	Joseph Kessel	*Les captifs.*
2378.	Gabriel Matzneff	*Mes amours décomposés. Journal 1983-1984.*
2379.	Pa Kin	*La pagode de la longévité.*
2380.	Robert Walser	*Les enfants Tanner.*

*Cet ouvrage a été reproduit
et achevé d'imprimer par l'Imprimerie Floch
à Mayenne le 30 avril 1992.
Dépôt légal : avril 1992.
1er dépôt légal dans la même collection : octobre 1973.
Numéro d'imprimeur : 32458.*

ISBN 2-07-036474-7 / Imprimé en France.

56188